KB113948

어둠의 상자

류진 新무협 판타지 소설

FANTASTIC ORIENTAL HEROES

# 어둠의 성자 2

## 류진 新무협 판타지 소설

초판 1쇄 찍은 날 § 2015년 3월 19일
초판 1쇄 펴낸 날 § 2014년 3월 26일

지은이 § 류진
펴낸이 § 서경석

편집부장 § 권태완
편집책임 § 이창진

펴낸곳 § 도서출판 청어람
등록번호 § 제387-1999-000006호
등록일자 § 1999. 5. 31
어람번호 § 제2-2581호

주소 § 경기도 부천시 원미구 부일로 483번길 40 서경B/D 3F (우) 420-822
전화 § 032-656-4452  팩스 § 032-656-4453
http://www.chungeoram.com
E-mail § chungeorambook@daum.net

ISBN 979-11-04-90168-3 04810
ISBN 979-11-04-90166-9 (세트)

闇

어둠
의
심자

류진 新무협 판타지 소설

2

FANTASTIC ORIENTAL HEROES

제9장
탈피

목승탁은 허공에 뜬 세 개의 부적을 보고 있었다. 가장 왼쪽에 있는 것이 오희련이었고 우측이 남궁벽, 중앙의 것이 도무진이었다.

아직은 셋 모두에게서 생의 기운이 느껴지고 있었다.

'정말 원하는 게 뭘까?'

그의 시선이 오희련의 부적에 멎었다.

'얼마나 절실히 그녀를 원하는 것일까?'

그러다 문득 선우연이 영괴와 연관이 있는 건 아닐까? 라는 생각이 들었다.

만약 그렇다면 이번 일은 도무진을 죽이기 위한 것이란 건데……

한참을 생각하던 목승탁의 머리가 좌우로 움직였다.

"그렇게 단순할 리가 없지."

굳이 이런 번거로운 방법이 아니라도 선우연이 원하면 손안의 달걀을 깨듯 취할 수 있는 게 도무진의 목숨이다. 물론 오희련을 얻는 것도 마찬가지다.

"그 친구가 진짜 원하는 게 뭘까?"

멀리서 오랜만에 찾아온 친구가 목승탁의 골치를 아프게 하고 있었다.

'친구이기는 한 건가?'

이젠 그것조차 장담할 수 없었다. 언제부터인지 관계라는 끈이 끊어지기 시작했고 이젠 정말 믿을 수 있는 사람이 남지 않았다는 걸 새삼 깨달았다.

어쩌면 이런 것이 그들에게 내려진 형벌인지 모른다.

'얻는 게 있으면 잃는 것도 있게 마련이지.'

\*       \*       \*

도무진의 검이 땅을 쓸었다.

케에엑!

그림자가 비명을 토하더니 검은 연기로 피어올라 사라졌다. 영괴에게 사로잡힌 인간은 영괴가 몸을 빠져나가는 순간 죽기 때문에 풀썩 쓰러져 움직이지 않았다.

"부적!"

도무진의 외침에 오희련이 부적을 던졌다. 검을 쭉 뻗자 허공을 가른 부적은 자석이라도 되는 것처럼 검에 달라붙었다.

그 순간 두 명이 긴 손톱을 곧추세우고 도무진을 덮쳤다. 도무진은 옆으로 빙글 돌면서 둘의 공격을 피한 후 검을 휘둘렀다.

부적 하나에 영괴 하나라고 했지만 검이 워낙 빨랐던 덕에 두 영괴가 동시에 검은 연기로 화했다.

제법 죽였는데도 주변을 둘러싼 영괴는 여전히 많았다. 반면 오희련에게 남은 부적은 채 스무 장이 되지 않았다.

'부적!' 이라고 외치는 남궁벽의 목소리가 들린 후 다시 한 장의 부적이 소비되었다.

한 장으로 두 마리의 영괴를 연기로 날려 보낸 도무진은 정면에서 달려드는 인간의 목을 베었다.

인간은 그 자리에 털썩 쓰러져 죽었지만 영괴는 그저 땅속으로 스며들었다.

오희련에게 다시 부적을 요청하려 할 때 누군가 심장을 주먹으로 쿵! 치는 것 같은 느낌이 전해졌다.

심장의 두근거림이 뇌를 그대로 때리는 것 같은 기분 나쁜 울림이 느껴졌다.

도무진은 시선을 내려서 발아래를 보았다. 그리 길지 않은 그림자의 형태는 변함이 없었다. 하지만 그림자는 원래의 그것에 한 꺼풀 먹물을 칠한 것처럼 짙어졌고 바늘로 찌르는 듯한 세해귀의 기운이 엄습했다.

그는 문득 '나도 영괴에게 영혼을 사로잡힐까?'라는 의문이 들었다. 흡혈귀가 되는 순간 생은 종말을 고했고 인간이 지닐 수 있는 영혼은 오래전에 소멸되었다.

이미 세해귀가 된 도무진의 육체를 영괴가 빼앗을 수 있을까?

기본적으로 영괴는 그림자가 있는 모든 동물의 육체를 빼앗을 수 있지만 영괴가 세해귀의 육체를 빼앗았다는 얘기는 들어본 적이 없었다.

도무진은 횡으로 들어 올린 검을 내려뜨렸다. 영괴를 모두 죽이기에 부적은 턱없이 부족하다.

이런 상황에서 도무진이 영괴에게 육체를 빼앗기지 않는다면 부적을 사용하는 대신 인간들을 모두 죽이는 쪽이 나은 선택이다.

나뭇가지를 밀어 올리는 것 같은 뻣뻣한 느낌이 하체를 지나 가슴 쪽으로 밀려들었다.

도무진은 그 자리에 서서 영괴가 몸을 점령하는 걸 지켜보았다. 영괴가 내부에 침입하는 동안에는 그를 공격하는 자는 없었다. 그 때문에 오희련과 남궁벽에게 공격이 집중되었다.

부적이 부족한 탓에 남궁벽은 영괴와 마음껏 싸우지도 못한 채 오희련이 펼쳐 놓은 호신법(護身法) 안에서 발만 동동 구르고 있었다.

쿵! 쿵!

십여 명의 영괴가 달라붙어 보이지 않는 벽을 두드리자 허공에 뜬 네 장의 부적이 금방이라도 찢어질 것처럼 펄럭였다.

수결을 맺으며 계속 주문을 외우는 오희련의 이마에 땀이 송글송글 맺혔다.

그들을 지켜보는 사이 몸을 마비시키는 느낌은 목을 타고 머리까지 올라왔다.

갑자기 눈에 먹물을 뿌린 것처럼 새까만 어둠이 밀려왔다. 핑 현기증이 도는 느낌에 금방이라도 정신을 잃을 것 같았다.

문득 영괴에게 존재하지도 않는 혼을 빼앗길지도 모른다는 생각이 들었다.

만약 영괴에게 혼과 육체가 점령당한다면 지금의 의식은 어디로 가는 것일까?

그런 의문이 드는 순간 머릿속에서 꺄아악! 하는 비명이 들렸다. 그러더니 갑자기 눈앞이 환해지면서 검은색을 입힌 봄날의 아지랑이 같은 기운이 잠깐 시야에 잡혔다가 사라졌다.

몸을 파고들었던 영괴의 느낌은 깨끗하게 사라졌다. 역시 그에게 영혼 같은 건 존재하지 않는 모양이다.

도무진은 오희련과 남궁벽이 있는 곳으로 몸을 날렸다. 커다란 검이 쓸고 지나간 자리에 자욱한 피보라가 일었다.

단 세 수 만에 열 개의 머리가 땅을 뒹굴고 영괴는 땅속으로 사라졌다.

도망친 영괴 중 두 마리가 다시 도무진에게 침입했지만 역시 부적에 당했을 때처럼 연기로 흩어졌다. 처음과 다르게 몸에 뻣뻣한 느낌조차 전해지지 않았다.

세상 어떤 세해귀보다 강력한 생명력을 가진 흡혈귀의 육체는 금세 영괴의 공격에 적응을 해버렸다.

"그 자리에 있어."

두 사람에게 말을 한 도무진은 영괴들을 도륙하기 시작했다. 도무진에게 상처를 입힐 수도, 그의 영혼을 빼앗지도 못하는 영괴들은 낫에 베이는 벼처럼 속수무책 쓰러질 수밖에 없었다.

이백이 넘던 숫자는 얼마 지나지 않아 반 넘어 시체로 변했고, 나머지 영괴들이 도무진을 죽일 가능성도 보이지 않았다.

일행은 비록 영괴를 완전히 없애지는 못했지만 최소한 자신들이 다치는 것은 막을 수 있었다.

새로운 영괴들이 합류하기는 했으나 도무진에게 대적할

정도로 강한 녀석은 없었다. 그저 땅에 뒹구는 시체만 늘릴 뿐이었다.


남궁벽은 자신도 모르게 검을 쥔 손에 힘이 들어갔다. 급격히 치솟은 긴장 때문이었는데 대상은 영괴가 아니었다.

도무진.

거대한 검을 휘두르는 도무진이 남궁벽으로 하여금 온몸을 경직시키게 만들었다.

기본적으로 흡혈귀의 육체를 가진 도무진은 강할 수밖에 없다. 하지만 지금 짚단처럼 영괴를 베어 넘기는 도무진의 강함은 단순히 흡혈귀의 육체에서 나온 것이 아니었다.

오직 인간만이 누릴 수 있으리라 믿었던 무공. 그 원초적이고 순수한 힘이 도무진을 저토록 강하게 만든 것이다.

영괴는 약한 존재가 아니었다. 비단 상대의 그림자를 파고들어 육체를 지배하는 그 힘만이 아니라, 영괴의 지배를 받은 육체는 평소보다 수십 배의 괴력을 발휘한다.

그래서 한낱 농부나 상인에 불과했던 자들이 남궁벽에게 상처를 입힐 수 있었던 것이다.

그런데 이미 죽인 숫자가 백을 넘긴 그 순간에도 영괴는 도무진의 피부에 작은 손톱자국 하나 남기지 못했다.

검기를 넘어 검강을 향해 가고 있는 남궁벽조차 지금의 도무진에게는 상대가 될 수 없었다.

지하실에서 무공을 익히고 있다는 건 알고 있었다. 도무진이 연공을 시작하고 한참 후에야 안 사실이지만 그저 피식 웃고 말았다.

세해귀 따위가 어찌 무공을 익힐 수 있단 말인가? 호랑이가 풀을 뜯어 먹는 게 훨씬 현실적이었다.

그런데 그 비현실의 광경이 현실이 되어 지금 그의 눈앞에 펼쳐지고 있었다.

그저 무공을 익혔을 뿐 아니라 저 강함만 놓고 본다면 검에 푸른 기운만 뻗어 있지 않을 뿐이지 검강의 경지에 이른 무인에 뒤지지 않았다.

병의 극에 이르러 승(昇)의 경지를 바라보는 무공을 지닌 흡혈귀라니!

남궁벽의 놀라움 속으로 스며들어 일어나는 감정은 질투이면서 승부욕이었다.

처음 만났을 때의 도무진은 그가 얼마든지 감당할 수 있는 고작 흡혈귀였을 뿐이다.

그런데 지금 영괴를 마구 도륙하는 도무진은 단순히 무공만을 따져도 그보다 훨씬 높은 경지에 다다라 있었다.

까르르르르!

수백 마리의 까마귀가 한꺼번에 소리를 지르는 것 같은 괴음이 울려 퍼졌다.

그러자 도무진과 싸우던 영괴들이 움직임을 멈추더니 일제히 물러섰다.

백여 마리의 영괴가 움직이는 방향은 북동쪽의 검은색 기와가 얹어진 집이었다.

그곳에는 얼굴을 하늘로 향하고 입을 한껏 벌린 영괴 한 마리가 서 있었다. 사위를 가득 채운 기괴한 소리는 그 영괴의 입에서 흘러나오는 중이었다.

한 마리의 영괴가 담 위로 올라서더니 기괴한 울음을 터뜨리는 영괴를 향해 몸을 날렸다. 그 속도는 시위를 떠난 화살처럼 빨라서 그대로 부딪치면 둘이 동시에 피떡이 될 것 같았다.

퍽!

둔탁한 소리와 함께 둘의 몸뚱이가 충돌했다. 그런데 놀랍게도 담에서 뛰어오른 영괴가 흔적도 없이 사라졌다.

또 한 마리의 영괴도 역시 같은 속도로 기괴한 소리의 영괴에게 부딪쳤다. 울리는 소리도, 나타난 결과도 처음과 같았다.

그렇게 주변에 있던 모든 영괴들이 단 하나의 영괴에게 부딪쳐 흔적도 없이 사라졌다.

마치 하나의 영괴가 다른 영괴들을 흡수하는 것 같았다. 오십여 마리의 영괴가 사라지는 사이 기괴한 소리의 영괴에게서 조금씩 변화가 일어났다.

찌직!

첫 변화는 오른쪽이었다. 겨드랑이 아랫부분 옆구리가 터지더니 뭔가가 불쑥 튀어나왔다.

붉은 핏물을 뚝뚝 흘리며 나타난 그것은 하나의 온전한 팔이었다. 이어서 반대쪽 옆구리에서도 팔이 생겨났다.

그사이 영괴들은 계속해서 흡수되었고 네 개의 팔을 가진 영괴의 어깨 위에서 머리 하나가 새로 생겨났다.

쌍두사비(雙頭四臂)의 형태는 그것으로 멈추지 않고 계속 변화를 이어갔다.

다리 두 개가 더 생기고 새로운 팔도 살을 뚫고 나왔다. 어깨 위에서 나온 머리는 그에 맞게 몸통도 만들어냈다.

그렇게 백여 마리의 영괴가 모두 하나의 영괴에 흡수되어 만들어낸 모습은 기괴했다.

뒤통수가 붙은 세 개의 머리에 앞뒤로 붙은 두 개의 몸통에는 여덟 개의 팔과 네 개의 다리가 달려 있었다.

절로 눈살이 찌푸려지는 저 모습에는 다다익선이라는 말을 쓸 수가 없었다.

신체 부위가 원래보다 너무 많아 움직이기 불편할 것 같은데 지붕 위에서 뛰어내리는 영괴는 원래 인간의 신체가 저렇게 생긴 것처럼 자연스러웠다.

삼두팔비의 영괴는 땅에 떨어진 무기를 각각의 손에 하나씩 쥐었다.

어떤 손에는 검이, 다른 손에는 칼이, 또 다른 손에는 도끼와 창이 들렸다.

"네가 그 흡혈귀로구나."

세 개의 입에서 동시에 나온 목소리는 그래서 세 사람이 말을 하는 것 같았다.

"날 아나?"

도무진의 물음에 영괴는 여섯 개의 귀를 끄덕끄덕 움직였다.

"많은 사람을 거치니 그만큼 많은 얘기를 들을 수 있지. 최초의 흡혈귀의 능력을 받았다지?"

눈썹을 가운데로 모아 인상을 쓴 도무진은 영괴의 말을 듣고만 있었다.

"그런데 이제 보니 흡혈귀의 능력만 있는 건 아닌 것 같군. 얘기만 잘되면 너와 난 아주 좋은 동업자가 될 수 있겠어."

"무엇을 위한?"

"물론 이 세상이지. 너와 내가 힘을 합치면 만민수호문인들 두렵겠느냐?"

도무진이 피식 웃었다.

"그 얘길 지금까지 몇 마리의 세해귀에게 했느냐?"

여섯 개의 어깨가 위로 으쓱 올라갔다.

"그리 많지는 않아."

"그 많지 않은 속에 날 끼워줘서 고맙지만 사양하지."

"흡혈귀이면서 인간의 개로 남겠다는 것이냐?"

"개가 차라리 지금의 너보다는 나을 것 같군."

영괴가 여덟 개의 팔을 흔들었다. 어떤 것은 위아래로, 두 팔은 빙글빙글 회전을 하는데, 서로 부딪칠 것 같으면서 용케 조화를 이뤄서 어지럽게 움직였다.

"지금의 내가 얼마나 강한지 곧 알게 될 것이다."

"입이 세 개라 말만 많군!"

도무진은 말을 끝냄과 동시에 땅을 박찼다. 땅에 한 뼘 깊이의 자국을 만든 도무진의 속도는 가히 섬전을 방불케 했다.

일 묘를 십분의 일로 쪼갠 짧은 시간에 영괴와의 거리를 없앤 도무진은 검을 휘둘렀다.

우측의 목을 향해 비스듬히 그어지는 검은 잔영을 남길 정도로 빨랐다. 만근 바위라도 쪼갤 것 같은 검은, 막는다고 해도 영괴의 무기들이 산산조각으로 부서져 버릴 것이다.

까앙!

네 개의 검과 도, 쇠몽둥이가 동시에 도무진의 검을 막았다. 남궁벽의 예상과는 다르게 영괴의 무기들은 멀쩡했고 심지어 한 발짝도 물러서지 않았다.

오히려 나머지 네 개의 손에 들려 있던 무기들이 일제히 도무진을 공격했다.

창은 찔러오고 칼은 배를 향해 휘둘러졌으며 삼절곤은 발등을 찍어왔다.

도무진은 뒤로 훌쩍 몸을 날려서 영괴의 공격을 피했다. 땅을 친 삼절곤으로 인해 자욱한 먼지가 일었다.

영괴는 그 먼지를 뚫고 도무진을 향해 짓쳐들었다.

흔히 완벽한 합격술을 가리켜 한 사람이 펼치는 것 같다는 말을 하는데, 영괴의 공격은 정말 한 사람이 펼치고 있으니 세상에 그보다 완벽한 합격술은 없을 것이다.

네 개의 다리를 부지런히 움직여 빙글빙글 돌면서 베고 찌르고 휘두르는 영괴의 공격은 단 한순간의 빈틈도 없었다.

공간을 완벽하게 제압했을뿐더러 정신을 차리기 힘들 만큼 빨랐으며 도무진의 힘을 이겨낼 정도로 무겁기까지 했다.

그럼에도 도무진은 영괴의 공격을 모두 막아내고 있었다. 백 근도 더 나가 보이는 저 검을 저처럼 빨리 움직일 수 있다는 게 믿기지 않을 정도였다.

"넌 절대 날 이길 수 없다! 난 지치는 법이 없으니까!"

영괴의 자신만만한 외침은 아마 도무진에게도 해당될 것이다. 이미 백여 마리의 영괴를 도륙한 도무진은 끊임없이 검을 휘두르면서도 지친 기색이 보이지 않았다.

"꽤 긴 싸움이 될 것 같은데?"

오희련이 싸움에서 눈을 떼지 않고 그렇게 말했다. 모든 영괴가 하나로 합쳐져서 이제 더 이상 그들을 위협하는 존재는 없었다. 그러니 이쯤에서 도무진에게 도움의 손길을 뻗을 수도 있었다.

하지만 남궁벽은 저 싸움에 끼어들 엄두도 내지 못한 채 그저 검을 잡은 손을 부들부들 떨고 있을 뿐이었다.

무림세가에서 태어나 만민수호문의 문도가 되어 수백여 차례의 싸움을 경험하고 보기도 했지만, 단언컨대 지금 저 싸움은 과거의 경험을 모두 잊게 할 만큼 대단했다.

삼두팔비의 괴물인 영괴는 그렇다 하더라도 도무진의 움직임은 인간의 그것이 아니었다.

물론 도무진이 인간은 아니지만 인간의 영역 안에 있는 무공을 펼치고 있으니 응당 인간의 능력으로 가늠되어야 한다.

그런 도무진에게 남궁벽이 지금 느끼는 감정은 무력함이고 열패감이었다.

만약 그가 도무진의 위치에 있다면 아마 세 수도 받지 못하고 목이 잘렸을 것이다. 그리고 앞으로 십 년을 오직 수련만 한다고 해도 절대 지금 도무진의 경지에 오를 수 없을 것이다.

저렇게 대단한 무공을 짧은 시간에 익힌 건 도무진의 능력일까, 전수받은 무공의 대단함일까? 그도 아니면 가르치는 자의 특별함일까?

오만 가지 생각이 머리를 어지럽히는데 뭔가가 영괴를 향해 날아갔다.

붉은색의 잔영을 남기는 그것은 오희련이 날린 부적이었다. 영괴는 여덟 개의 팔 중 칼을 쥔 손을 움직여 부적을 찢어 버렸다.

픽! 하는 소리와 함께 일어난 불꽃이 영괴를 덮쳤다. 개똥벌레의 빛만큼 자잘한 불꽃은 영괴의 몸에 달라붙었지만 그저 움찔 떨게 만드는 충격밖에 주지 못하고 사라져 버렸다.

비록 부적의 충격은 미미했으나 그로 인해 도무진이 공격할 틈을 만들어주었다.

세 개의 칼과 창을 쳐 낸 도무진은 검을 머리 위로 크게 돌려서 영괴를 향해 휘둘렀다.

우우웅!

대기를 가르는 소리가 수만 마리 벌 떼의 날갯짓 같았다.

카아앙!

이제까지 부딪쳤던 그 어떤 소리보다 큰 충돌음과 함께 영괴의 몸이 옆으로 밀려났다. 앞으로 보이는 두 개의 얼굴이 찡그려졌다.

네 개의 무기로 막기는 했지만 충격 때문에 나머지 네 개의 팔이 순간 공격을 멈췄다. 그사이 다시 도무진의 검이 휘둘러졌다.

허공을 가르는 그 검을 보며 남궁벽은 낮은 탄성을 뱉었다.

도무진의 검 끝, 이제까지 보이지 않던 것이 드러났다. 검강이라고 하면 그것은 곧 푸른색을 의미한다.

푸른색 외의 검강은 본 적도 들은 적도 없었다. 그런데 도무진의 검 끝에서 두 자나 길게 뻗어진 그것은 검었다. 밤의 가장 깊은 대기보다 더 검은 그것은 푸른색이 아니니 검강이 아니다라고 말할 수도, 그렇다고 검강이 아닌 다른 것으로 설명할 수도 없었다.

검강이 맞을 것이다. 세상에서 오직 흡혈귀 도무진만이 만들어낼 수 있는 흑검강.

어둠이 주는 원초적인 두려움을 품은 도무진의 검이 영괴의 어깨를 비스듬히 쓸어갔다.

네 개의 무기가 다시 검을 막았다. 하지만 흑검강을 품은 도무진의 검은 지금까지와는 위력이 달랐다.

검과 칼, 창, 쇠뭉둥이는 단 하나의 검에 부딪쳐 산산조각으로 부서졌고 도무진의 검은 영괴의 살을 파고들었다.

"끄아악!"

영괴는 고통스러운 비명을 지르면서도 나머지 네 개의 팔을 휘둘렀다. 그러나 그 하나하나의 무기는 도무진의 검에 의해 유리처럼 부서져 버렸다.

영괴는 네 개의 다리를 움직여 도무진에게서 멀어지려고 했지만 두 개의 다리만 가진 도무진에게서 벗어나지 못했다.

크게 원을 그린 도무진의 검은 기어코 세 개의 머리가 붙은 두꺼운 목을 잘라 버렸다.

심장을 토해내는 것 같은 영괴의 비명 사이로 도무진의 외침이 들렸다.

"부적!"

기다렸다는 듯 오희련이 부적을 던졌다. 도무진이 팔을 뻗자 부적은 검의 옆면에 찰싹 달라붙었다.

잠깐 멈췄던 검이 땅을 향해 떨어졌다. 검은 빨랐지만 흙은 고작 한 자 남짓 튀었을 뿐이다. 그것만으로 영괴의 그림자를 베기에는 충분했다.

"케에엑!"

그림자 안에서 비명이 터지더니 검은 연기가 피어올랐다.

"부적!"

다시 터진 도무진의 외침에 화들짝 놀란 오희련이 부적을 날렸다. 검으로 부적을 받은 도무진은 힘껏 도약해서 쓰러진 영괴의 육체를 넘더니 땅과 수평이 되게 몸을 회전시키며 검을 휘둘렀다 도무진의 검이 걸린 곳에는 주렁주렁 열매를 맺은 감나무의 그림자뿐이었다. 그런데 동물도 아닌 감나무 안에서 특유의 그 비명이 들린 후 검은색 먼지의 알갱이 무리가 하늘로 치솟았다.

　한 마리의 영괴가 죽었을 때보다 훨씬 많은 양의 검은 기운은 심장에서 튀어나온 피처럼 힘차게 솟구쳤다가 연기처럼 하늘하늘 퍼져서 종국에는 흔적도 없이 사라졌다.

　그것을 끝으로 격렬했던 움직임은 정적으로 변했다. 검을 내려뜨린 도무진도 부적을 날린 오희련도 방관자처럼 서 있던 남궁벽도 한동안 미동조차 하지 않았다.

　뒤늦게 긴 숨을 뱉은 도무진을 보며 남궁벽은 자신이 한없이 초라해지는 것을 느꼈다. 도무진은 한낱 흡혈귀에서 이제는 도저히 넘을 수 없는 거대한 산이 되어 그의 앞에 서 있었다.

　그는 검이 손을 떠나 땅에 떨어지는 것조차 느끼지 못했다.


＊　　　＊　　　＊


　도무진은 질 나쁜 면경에 비친 일그러진 자신의 알몸을 보고 있었다.

　튀어나온 가슴과 선명하게 근육이 드러난 배, 금방이라도 살을 뚫고 나올 것 같은 핏줄을 머금은 상박, 바늘도 들어갈 것 같지 않은 단단한 팔뚝.

마치 외문무공을 익히기라도 한 것 같은 몸으로 바뀐 것은 고작 하루였다.

영괴를 죽인 후 지부로 돌아와 하룻밤을 보냈을 뿐인데 그의 육체는 전혀 다른 사람의 것처럼 변해 있었다.

영괴와 싸울 때 느꼈던 폭발할 것 같던 그 느낌과 무관하지 않을 것이다. 무림인의 검강과 색깔은 확연히 달랐지만 분명 같은 것인 그 경지를 경험했고, 이젠 지난번 수련했을 때처럼 한 번을 끝으로 사라지지는 않을 것이다. 그냥 느낌으로 알 수 있었다.

방을 나서자 이른 아침 마당을 쓸고 있는 왕고석이 보였다. 그의 기척을 느꼈을 텐데 왕고석은 눈길조차 주지 않은 채 자신의 일에 열중했다.

어둠을 몰아낸 아침의 대기는 폐에 산뜻한 느낌을 전해줬다. 문득 이런 기분을 느껴본 지가 무척이나 오래전이라는 걸 깨달았다.

어쩌면 흡혈귀가 된 후 처음 느끼는 기분인지도 모른다. 그래서 '다시 인간이 되는 것 아닐까?' 라는 말도 안 되는 생각까지 들게 만들었다.

"일찍 깼군."

바로 위에서 들린 소리에 고개를 돌렸다. 뒷짐을 진 선우연이 마당을 쓸고 있는 왕고석을 물끄러미 보고 있었다. 그래서 마치 멀리 있는 왕고석에게 말을 건 것 같았다.

"검은 검강이라고?"

누군가에게 들은 모양이다. 도무진이 대답하지도 않았는데 선우연이 계속 말을 이었다.

"흡혈귀라 확실히 특이한 점이 있군. 얼마나 특이한지 볼까."

선우연은 도무진의 반응을 기다리지도 않고 몸을 돌렸다. 지하실로 내려간 선우연은 부적을 꺼내 검을 만들었다.

그 행동 하나만으로 원하는 바를 알 수 있었기에 도무진도 지하실 벽에 걸린 검을 손에 쥐었다.

도무진이 먼저 움직였다. 선공은 도무진의 몫이라는 건 둘 사이의 암묵적인 규칙이었다.

싸움도 아니고 비무라고 할 수도 없다. 선우연이 가르침을 내리고 도무진은 그것을 받는 입장이었지만 언제나 목숨을 건 것처럼 최선을 다했다.

서걱!

도무진의 허벅지에서 피가 쭉 뿜어져 나왔다.

"검강을 보여줘."

우웅!

검이 허공을 가르는 사이 검은색 검강이 쭉 뻗어 나왔다. 영괴와 싸울 때처럼 두 자가 넘는 흑검강을 품은 검은 걸리는 모든 것을 부숴 버릴 것 같은 기세로 선우연을 향해 휘둘러졌다.

그 기세를 막기에는 종잇장처럼 얇은 선우연의 검은 너무 약해 보였다. 하지만 두 개의 검이 부딪치자 오히려 도무진의 검이 튕겨 나갔다.

몸이 휘청 꺾인 도무진은 몽둥이로 탄력 좋은 대나무를 친 것 같은 느낌을 받았다.

"검강의 색깔만 특이할 뿐 그리 대단하지는 않군."

선우연의 조롱 섞인 말에 어금니를 지그시 깨문 도무진은 다시 검을 휘둘렀다.

영괴와의 싸움으로 인해 다시는 사라지지 않을 검강을 얻었고 그만큼 강해졌다. 그래서 내심 선우연에게 이전처럼 일방적으로 놀림을 받지는 않을 것이라 믿었다.

그런데 변한 것은 없었다. 선우연의 저 얇은 검은 여전히 도무진의 거대한 검을 아무렇지 않게 쳐 냈고 가슴과, 팔, 다리 할 것 없이 육체의 곳곳에 붉은 상처를 남겼다.

그가 마음만 먹는다면 언제든 도무진의 목을 날릴 수도 있었다. 충분히 강해졌다고 생각했는데 그것은 한낱 조금 자라난 개의 발톱에 불과했다.

그렇게 열두 개의 상처를 안은 채 이른 아침에 시작한 교육은 끝이 났다.

검을 던져 불꽃으로 만든 선우연이 지하실을 나서며 말했다.

"오늘 밤부터는 새로운 내공심법을 익힐 것이다."

＊　　　＊　　　＊

─장시간 외출합니다.

짧은 문장이 쓰인 종이를 책상 위에 던진 목승탁이 손수민에게 물었다.

"별다른 말은 없었느냐?"

"네, 방의 책상 위에 그 종이만 놓여 있었습니다."

"알았다."

인사를 하고 나가려던 손수민이 문손잡이를 잡고 물었다.

"처벌을 하실 건가요?"

만민수호문의 문도는 주어진 능력과 권리만큼 규율을 위반했을 때 받는 벌도 무겁다.

남궁벽의 경우처럼 허락도 없이 문을 무단으로 이탈할 경우 상부의 명령에 의해 추살(追殺)의 명이 떨어질 수도 있었다.

잠시 생각하던 목승탁이 말했다.

"녀석 말대로 긴 외출을 했을 뿐이다."

비로소 웃음을 머금은 손수민이 나갔다. 목승탁은 남궁벽의 글을 물끄러미 보다가 종이를 구겨서 쓰레기통에 던져 버렸다.

남궁벽이 짧은 글만 남기고 사라진 이유를 충분히 짐작할 수 있었고 그의 마음 또한 헤아려졌다.

"열등감이라……."

인간, 그것도 천하를 장악한 만민수호문의 문도가 흡혈귀를 상대로 느끼기에는 어울리지 않는 감정이다.

그래서 남궁벽의 좌절감이 더 컸을 것이다. 남궁벽이 한없이 깊을 열등감을 극복하고 돌아올 수 있을까? 라는 의문에 갸웃한 순간 목승탁은 피식 웃었다.

남궁벽을 걱정하는 것 같은 자신의 생각이 우스워서였다. 실제로 그런 감정은 느끼지 않았다. 걱정도 애정이 있어야 하는 것인데 남궁벽에게 애정이라니 소가 웃을 일이다.

남궁벽이 무단으로 나간 것을 눈감아준 것은 그저 귀찮아서일 뿐 다른 이유는 없었다.

목승탁은 자리에 앉아 창문 밖의 마당 풍경을 물끄러미 보았다. 따사로운 햇볕이 내리쬐는 마당은 움직이는 게 없어서 그냥 그림을 보는 것 같았다.

보이는 게 특별하지도 머릿속에 뭔가 떠올라 사색을 하는 것도 아니다. 그는 그저 멍하니 초점 없는 시선을 던지고 있을 뿐이다.

때로는 이렇게 멍한 시선을 던진 채 꼬박 이틀을 보낸 적도 있었다. 그때, 숲속의 바위 위에 그렇게 앉아 있던 그를 현실로 돌려보낸 것은 우습게도 세해귀였다.

만약 세해귀의 습격이 없었다면 바위의 일부가 되었을 정도로 오래 앉아 있었을지도 모른다.

지금도 그때의 기분과 비슷했다. 하지만 굳이 움직이려 하지 않았다. 시간의 낭비란 목승탁에게는 해당되지 않는 말이다.

창문의 가장자리에서 갑자기 나타난 여소영이 아니었으면 그 후로도 오랫동안 하나의 정물처럼 앉아 있었을 것이다.

까르르 웃으며 달려간 여소영은 맞은편에서 오는 수혼의 등에 냉큼 올라탔다.

인호의 딸은 인간의 아이와 똑같이 맑았다. 엄마와 이별을 한 슬픔이 왜 없겠는가마는 아이답게 슬픔에 묻히기보다는 현재의 즐거움을 누릴 줄 알았다.

잠시 여소영이 노는 것을 보던 목승탁은 문득 오늘 확인해야 할 일이 있다는 걸 기억해냈다. 그래서 서둘러 백은선의 거처로 향했다.

그녀의 방 창문도 목승탁의 집무실과 같은 방향으로 나 있었다. 창가에 의자를 가져다 놓은 백은선은 여소영이 놀고 있는 걸 물끄러미 보고 있었다.

목승탁이 문을 열자 움찔 놀란 그녀가 일어섰다. 처음 이곳에 왔을 때는 피부가 유난히 붉었는데 지금은 십 년 동안 지하에서 산 사람처럼 창백했다.

"몸은 어떠냐?"

"괜찮습니다."

언제나 담담한 음성이다. 곧 숨이 넘어갈 것 같아도 저 담담함을 유지할 것 같은 백은선이다.

목승탁이 손바닥을 위로 해서 손을 내밀자 백은선은 투박한 손바닥 위에 팔목을 올려놓았다.

진맥으로 그녀의 상태를 살핀 목승탁이 한숨처럼 말했다.

"진행이 빠르구나."

"살아 있는 한 최선을 다하겠습니다."

그녀는 자신의 죽음을 마치 타인의 일처럼 담담하게 받아들였다.

"앞으로 세 달은 더 버틸 수 있을 줄 알았는데."

"혈정(血精)을 더 복용하면 안 되겠습니까?"

"많이 괴로울 것이다. 아무리 너라도 견디기 힘들 만큼."

"고통에는 익숙합니다."

"알았다."

목승탁이 방을 막 나서려는데 백은선이 말했다.

"제 아들과 어머니는……."

꺼낸 얘기를 끝내지도 못하고 얼버무리는 그녀의 얼굴에는 자신의 죽음을 얘기할 때조차 비치지 않던 그림자가 드리워졌다.

"그들은 내가 보살필 테니 걱정 마라. 네가 있든 없든."

"감사합니다."

"고마워할 것 없다. 너와 나의 정당한 거래일 뿐이니."

특이한 체질의 백은선이 도무진에게 피를 주고 그 대가로 목승탁은 그녀의 아들과 노모를 보살피기로 했다.

죽음보다 삶이 더 괴로웠던 험난한 인생의 백은선으로서는 자신의 생명을 담보로 세상에서 가장 사랑하는 두 사람을 살릴 수 있다는 것에 감사했다.

\*　　　\*　　　\*

"얼마나 강해졌는데?"

도무진의 몸 위에 엎드린 오희련은 이마에 주름을 만들고 생각했다. 근 일각을 생각했고 도무진은 그녀의 대답을 재촉하지 않았다.

"적어도 후의 경지. 어쩌면 강(强)의 초반 정도."

술법은 크게 여섯 단계로 나뉜다. 입문을 해서 기를 만들 수 있는 첫 단계가 박(薄)이다.

가장 아랫단계라고 우습게 여길 것은 못 되었다. 술법에 대한 재능이 없으면 십 년을 노력해도 술의 기운조차 느끼지 못하는 경우가 허다했다.

박을 넘으면 양(揚)의 경지가 기다린다. 양의 단계에 올라서야 비로소 술법사라는 이름을 달 수 있었다.

오희련이 양의 단계였고 중원에서 활동하는 술법사 칠 할이상이 양의 경지를 벗어나지 못한다.

그러니 후(厚)에 올라서면 능히 만민수호문의 지부장 자리를 꿰찰 수 있었다.

현재 목승탁이 그렇고(신분패에 그리 적혀 있었지만 솔직히 믿기지는 않았다) 죽은 전 지부장 고운석도 후의 경지에 이른 술법사였다.

네 번째 단계인 강에 이른 술법사를 오희련은 한 번도 본 적이 없었다. 대부분의 술법사들은 강의 경지야 말로 인간이 오를 수 있는 한계라고 믿었다.

후와 강이 비록 한 단계 차이일지라도 실제 법력은 티끌과 태산만큼이나 간극이 벌어질 수도 있었다.

그래서 강의 다음 단계인 화(和)는 인간을 벗어나 신선으로 오르는 계단으로 인식되었다.

만민수호문을 운영하는 성자(聖者)들의 성취가 그 정도일 거라고 문도들은 조심스럽게 예상하고 있었다.

화의 경지가 그러하니 마지막 단계인 연(然)은 신의 존재만큼이나 비현실적이었다.

중원의 술법사 중 누구도 연을 목표로 하는 사람은 없었다. 그것은 그저 위를 바라보며 겸손하라는 이름 이상의 의미를 갖지 못했다.

오희련은 스스로 자신을 과대평가했다고 여겼는지 어깨를 으쓱한 후 말했다.

"뭐, 어쩌면 후의 중반 정도 되었을지도. 양의 경지를 뛰어넘었던 것만은 분명해."

"하지만 인호와 싸울 때 외에는 그 힘이 발휘되지 않는다는 말이지?"

"이상하지? 그때 내가 잠깐 미쳤었던 걸까?"

"지부장에게 물어보지그래."

"그 친절한 노인네가 퍽이나 잘 알려 주겠다."

도무진으로서는 당시의 오희련을 보지 못했으니 뭐라 해

줄 말이 없었다. 하지만 그 또한 내공이 나타났다 사라지기를 반복했으니 오희련이라고 그러지 말라는 법은 없었다.

도무진에게 그럴 만한 이유가 있었듯 그녀 또한 훗날 고개를 끄덕일 까닭이 분명 존재할 것이다.

"물어봐. 네가 당하는 피해야 무시당하는 것밖에 더 있겠냐? 새삼스러울 것도 없잖아?"

"하긴 그러네. 오라버니는 어때? 기생오라비와 함께 하는 수련은 잘돼가?"

외모와는 어울리지 않게 목승탁의 친구로 나타난 선우연은 그것 외에 알려진 것이 아무것도 없었다.

만민수호문 소속인지조차 알려주지 않아서 부르기조차 애매했다. 그래서 곱상한 외모를 빗대어 만든 '기생오라비'라는 별명은 어느새 비공식적인 호칭이 되어버렸다.

물론 선우연에게 대놓고 그리 부를 배짱을 가진 사람은 아무도 없었다.

"글쎄."

딱 한 번 나타났다 사라진 오희련의 강함만큼이나 선우연과 함께 하는 내공수련도 모호했다.

내공수련의 기본은 호흡이다. 세상에 수천 가지의 내공심법이 있지만 걷기 위해 다리를 움직여야 하는 것처럼 심법을 연마하기 위해서는 들숨과 날숨이 필요하다.

그런데 선우연의 자연선기공(自然宣氣功)은 호흡을 거부하는 것부터 시작했다. 굳이 내공을 익히지 않는다 하더라도 호흡은 삶의 가장 필요한 요소이다. 그러니 선우연의 자연선기공은 호흡을 하지 않아도 죽지 않는 도무진과 같은 흡혈귀가 아니면 애초에 익히기가 불가능한 내공심법이었다.

물론 처음부터 호흡을 멈추는 건 아니다. 들숨과 날숨의 간격을 점점 길게 가져가다가 종국에는 코와 입이 아닌 피부를 통해 대기의 기운을 들이쉬고 뱉어내는 게 자연선기공의 궁극적인 목표였다.

하지만 이론이 정립되었다고 해서 현실로 이어지는 건 아니다. 도무진조차 그저 숨을 참는 것일 뿐 피부로 숨을 쉰다는 건 경험할 수 있을 것 같지 않았다.

"이상한 내공심법이네. 그걸 가르치는 기생오라비는 할 수 있고?"

"그게… 가능하더라고."

"정말?"

"입과 코를 막고 나와 한 시진이나 비무를 했으니 인정해야지."

눈과 입을 쩍 벌리는 오희련의 얼굴은 당시 도무진이 지었던 표정과 비슷했다.

"혹시 세해귀 아니야?"

확실히 선우연이나 목승탁은 보통의 인간들과는 다른 무언가 있었다.

"아참! 며칠 뒤에 오는 견습생들 얘기는 들었어?"

"그런 게 있나?"

"저번 귀인문의 습격으로 많은 지부가 피해를 입었잖아. 그래서 서둘러 인원을 충원하는 모양이야."

"견습생들로?"

"만민수호문의 문도 상당수가 명문대가의 자손이거나 제자들이니 기본적인 실력은 갖췄다고 봐야지."

"기본만으로는 부족할 텐데. 하긴 내가 상관할 바가 아니지."

"그래도 오라버니는 조심해. 개중에 흡혈귀를 잡아야 한다고 길길이 날뛰는 애가 있을지도 모르니까."

오희련은 말 뒤로 큰 웃음을 터뜨렸고 도무진도 실소를 머금었다.

여인과 함께 이런 농담을 할 수 있을 거라는 생각은 하지 못했다. 역시 삶은 천 개의 얼굴을 가진 미로 같은 것이었다.


＊　　　＊　　　＊


안휘성(安徽省).

서운택(徐運擇)은 피 냄새 탓에 먼저 이맛살을 찌푸렸다. 그리고 바위를 돌아가서 아름드리나무 사이에 엉켜 있는 여섯 구의 시체를 확인한 후 낮은 신음을 뱉어냈다.

"당주님, 뭘 발견……."

뒤를 바짝 쫓아온 공구결(孔九結)이 말문이 막혀 헛숨만 들이켰다.

무림에서 칼밥을 먹은 지 십수 년. 시체를 보는 것이야 그리 드문 일도 아니었다. 하지만 목이 뜯긴 채 홍건한 피에 잠겨 있는 시체는 보기 힘든 모습이었다.

더구나 저 시체를 만든 사람과 원인을 알고 있다면 마음은 더욱 무거워질 수밖에 없었다.

"빨리 잡아야겠군."

밤공기만큼이나 차가운 음성에 서운택은 시선을 돌렸다. 목소리만큼이나 차가운 인상을 가진 서른 초반의 남궁화명(南宮和明)이 낮게 가라앉은 시선으로 시체를 둘러보고 있었다.

"소문주님은 이만 돌아가시는 게 좋겠습니다. 여기서부터는 저희들이 쫓겠습니다."

백호당(白虎黨)의 서른두 명이 투입되었으니 부족한 인원은 아니었다.

그런데 남궁화명의 생각은 다른 모양이다.

"이미 여섯 명이 죽었으니 나머지 스물여섯이 충분한 숫자는 아니지요."

"하지만 놈은 고작 노비에 불과한데……."

남궁화명의 서늘한 시선이 머물자 서운택은 급히 입을 다물었다.

"놈을 그리 하찮게 보고 있다면 이 사냥에서 피해는 더욱 커질 것이오. 이전에는 놈이 비록 무공도 모르는 노비였을지 모르나 지금은 다르다는 걸 모르겠소? 저 여섯 구의 시체를 보고도?"

서운택은 할 말을 잃었고 주변에 모여든 수하들 얼굴에는 의문만 가득했다.

그들이 정확하게 어떤 존재를 쫓고 있는지 아는 사람은 이곳에서 서운택과 남궁화명뿐이었다. 나머지 수하들은 그저 명령에 의해 나선 추격이었다.

피가 이어진 방향으로 걸음을 옮기는 남궁화명의 입가에 웃음이 그려지는 걸 서운택은 똑똑히 보았다.

남궁화명에게 수하들의 죽음보다 그 죽음을 만든 자의 강함이 더 흡족하게 다가온 것이다.

'한낱 노비가 저리 강하게 변했는데 마음먹은 대로 대법이 완성된다면 어찌 될까?'

남궁세기가 세가의 명운을 걸고 모험을 하는 이유가 충분했다.

*　　　*　　　*

쾅! 쾅! 쾅! 쾅!

네 번의 부딪침 뒤로 선우연이 훌쩍 물러섰다. 여전히 깊게 가라앉은 눈과 석고를 바른 것 같은 무표정이었지만 놀라움으로 가슴은 떨리고 있었다.

'이건 저 녀석의 자질일까, 흡혈귀가 가진 능력일까?'

내공인 자연선기공은 입문조차 하지 못했지만 대연만수공(大然滿收功)의 초식만은 이미 사 성의 경지를 넘어섰다.

불과 달포 만에 이룬 도무진의 성취는, 스스로 보지 않았다면 절대 믿지 못했을 것이다.

만약 이 상태로 성장하여 자연선기공까지 완성하게 될 경우 도무진은 어떤 모습이 되어 있을까?

궁금하면서 망설여지기도 했다. 물론 도무진이 그를 뛰어넘는 건 불가능하다. 하지만 목승탁이라면?

계속 들어오는 도무진의 공격을 받아넘기며 선우연은 입가에 웃음을 머금었다. 어쩌면 재미있어질지도 모른다는 생각이 들었다.

'어떻게 흘러가는지 볼까?'

     \*        \*        \*

서고에서 두 시진을 보낸 끝에 손수민은 사다리를 타고 가장 위쪽 칸에 꽂힌 책을 빼냈다.

매한소서(昧限消緖)라는 제목의 책은 백 년은 된 것처럼 손대면 금방이라도 부서질 것처럼 낡아 있었다.

그녀는 탁자 위에 책을 펴서 조심스럽게 책장을 넘겼다. 변함없는 악몽 속에서도 깨어나는 시간은 언제나 해가 뜬 다음이었다. 시간상으로는 충분한 수면이었지만 몸은 피곤함을 벗어나지 못했다.

종일 또렷한 정신을 유지하기 힘들었고 몸은 쇠약해지는 느낌이었다. 분명 정상이 아닌 이 상태를 계속 방치할 수는 없었다.

책장을 넘기던 손수민의 손이 멎었다. 왼쪽에는 선신수호부(善神守護符), 오른쪽에는 금강부(金剛符)를 그리는 법이 나와 있었다.

둘 모두 흔한 부적이었지만 매한소서상의 선신수호부와 금강부는 조금 달랐다. 보통 부적을 그릴 때 쓰는 주사가 아닌 여덟 가지 약초와 두 가지의 광물, 그리고 신수(神獸)의 피가 필요했다.

다행히 약초와 광물은 모두 가지고 있었고 신수의 피도 신마의 것을 조금 얻으면 가능했다.

두 가지 부적이 그녀가 잠든 사이에 무슨 일이 일어나면 바로 의식을 깨워줄 것이다.

'차라리 병이라면 좋겠는데.'

*　　　　*　　　　*

정수리 부근에 있는 백회혈이 가장 먼저 열리는 느낌이었다. 이어서 중극혈(中極穴), 엉덩이의 장강혈(長强穴)이 차례로 숨을 쉬었다.

막연했던 피부를 통한 호흡의 의미가 서서히 깨달음으로 다가왔다. 백칠십팔 개의 혈도가 먼저 열린 후 그 다음 단계로 전신 팔만 사천 모공이 열려 일제히 호흡을 하는 것이 자연선기공의 요지다.

도무진은 그 첫 단계에 발을 들여놓은 것이다. 이미 열흘 전에 혈도가 열리는 걸 느꼈지만 선우연에게는 알리지 않았다.

비밀에 싸인 선우연은 그리 믿음이 가는 사람은 아니었다. 그러니 도무진도 자신을 삼 할 정도는 숨기는 것이 현명한 처사였다.

몸의 중앙을 따라 열여섯 개의 혈도가 열려 대기의 기운을 빨아들였다. 그저 코를 통해 들어오는 기운과는 확연히 달랐다.

그 양의 풍부함도 그렇거니와 작은 모공에 의해 더러운 기운은 걸러지고 순수한 기운만이 스며들어 몸을 맑게 해주는 것 같았다.

자연선기공과 대연만수공만 대성하면 최초의 흡혈귀보다 강해지는 것도 그저 꿈만은 아닐 것이다.

무려 두 시진의 심법 연마를 마치고 눈을 뜬 도무진은 흡족한 웃음을 머금었다. 기는 막힘없이 흘렀고 이전처럼 내공이 사라질 것 같지도 않았다.

일어서서 지하실을 나가는 계단을 올라가려던 도무진은 한 가지 생각 때문에 걸음을 멈췄다.

'목승탁과 선우연은 어떤 사람들일까? 그리고 그들이 원하는 건 뭐지?'

물론 생각을 전혀 안 해본 건 아니다. 하지만 그때는 자신의 눈앞에 놓인 문제를 해결하기 바빴고 지금은 복수의 길이 희미하게나마 보이고 있었다.

그러니 목승탁과 선우연의 정확한 정체와 그들의 의도를 파악하는 게 중요했다.

목승탁이 단순히 일개 지부장이 아니라는 건 분명하다. 두

사람의 신분을 알면 그들이 자신에게 원하는 것 또한 짐작할
수 있을지도 모른다.

고민을 해봐야 하는 문제이다.

제10장
견습생

"알고 있다. 하지만 지금은 알려고 하지 마라."

돌아온 목승탁의 대답에 오희련은 뜨악한 표정이 되었다. 모른다는 것도 아니고 알지만 알려주지 않겠다는 건 무슨 경우란 말인가?

"왜 제 상태에 대해 알려주지 않는 거죠?"

"지금 알아봤자 좋을 게 없기 때문이다."

"좋을 때라는 게 있기는 한 건가요?"

"그때가 되면 내가 알려줄 것이다."

단호한 목승탁의 말에 그녀는 더 이상 언쟁을 해봤자 시간

낭비라는 걸 깨달았다.

"인호를 사냥할 때 제가 갑자기 강해진 것이 좋은 건가요, 아니면 나쁜 건가요? 그 정도는 대답해 줄 수 있겠죠?"

"좋을 수도, 반대일 수도 있다."

"젠장!"

욕설을 뱉고 방을 나온 오희련은 마당에 늘어진 그림자를 보고 고개를 돌렸다.

마당에는 빗자루를 든 왕고석과 여섯 명의 남녀가 길게 늘어서 있었다.

짝을 맞춰 삼남삼녀로 이뤄진 여섯 명은 갓 스무 살이나 되었을 정도로 어려 보였다.

누군지 묻지 않아도 이미 들은 소식이 있으니 그들의 신분은 어렵잖게 짐작할 수 있었다.

"어머! 견습생들이 왔나 보네요!"

복도를 돌아 나오던 손수민이 반가운 목소리를 뱉으며 활짝 웃었다. 그동안 사람이 너무 없어서 새로 들어온 식구들이 어지간히 반가운 모양이다.

오희련은 삼남삼녀를 빠르게 훑어봤다. 흰색 무복을 입은 왼쪽의 두 사람은 훤칠한 키에 미남형이었고 검은 무복의 한 명은 통통하고 작달막해서 두 사람과는 딴판이었다.

여자애들은 귀한 집에서 자란 티가 역력해서 좋은 피부에

예쁘장하고 귀엽게 생겼다.

손수민의 목소리가 울리고 한참이 지나도록 정적이 흘렀다. 멀뚱하게 서서 쳐다보고만 있는 견습생들과, 역시 그들을 살피고만 있는 두 사람 사이의 침묵은 쉽게 깨질 것 같지 않았다.

그런데 그 정적을 깬 것은 사람이 아니라 수혼이었다.

히힝! 푸르르르!

뒷마당에 있는 마구간에서 나와 모퉁이를 돌아 나오던 수혼이 낯선 사람들을 보고 울음을 토하며 경계했다.

수혼이 사람을 경계하면 으레 갈기가 곤두서고 눈빛이 붉게 변하면서 심하면 송곳니가 튀어나온다.

상대가 여섯 명이나 되고 그중 세 명은 무기까지 가지고 있으니 수혼에게서 그 많은 반응이 단숨에 나오는 게 이상할 게 없었다.

"세해귀다!"

중간의 귀엽게 생긴 여자가 소리를 치며 검을 빼 들었다. 그러자 나머지 두 명도 검을 뽑았고, 세 명은 품과 허리춤에서 부적을 꺼냈다.

크르르르…….

수혼이 몸을 낮게 숙이며 위협적인 소리를 뱉어냈다. 말발굽에서 긴 발톱이 튀어나와 땅을 파고들었다.

견습생들이 수혼을 향해 막 공격을 들어가려고 할 때 그들 앞으로 동그란 물체가 떨어졌다. 두 번이나 봐서 이젠 익숙한 손수민의 물건이다.

펑! 하는 소리와 함께 하얀 분말이 사방으로 퍼졌다.

"콜록! 콜록!"

사람들의 재채기와 수혼의 투레질 소리가 어지럽게 섞였다.

"수혼! 무슨 일이야!"

자욱한 하얀 연기 사이에서 여소영의 목소리가 들렸다.

"성질 급한 녀석들이 온 것 같군."

오희련이 중얼거리고 돌아서는데 방을 나오는 목승탁이 보였다. 목승탁은 하얀 분말을 뒤집어쓴 견습생들을 스윽 한 번 훑어보더니 벌써 멀찌감치 피해 있는 왕고석에게 말했다.

"숙소 정해주도록."

왕고석은 고개를 숙이는 것으로 대답을 대신했다.

"대체 이게 어떻게 돌아가는 겁니까? 왜 세해귀를 잡지 않는 거죠?"

눈꼬리가 올라가 성깔깨나 있을 법한 여자가 대청을 향해 소리쳤다. 그런데 대답은 수혼의 목을 쓰다듬어 진정시키는 여소영에게서 나왔다.

"수혼은 세해귀가 아니라 신마예요!"

검을 쥔 사내가 소리쳤다.

"말도 안 되는 소리! 어찌 신마가 검은색에… 저리 생길 수 있단 말이냐!"

"수혼은 특별하니까요!"

"네가 주인이냐?"

"친구예요."

오희련이 툭 던지듯 말했다.

"참고로 그 애는 인호의 자식이다."

"뭐… 뭐라고요?"

손수민이 어지러운 상황을 정리하기 위해 나섰다.

"사연을 얘기하자면 엄청 기니까 일단 짐부터 정리하는 게 좋겠어요. 그 후에 정식으로 인사를 하기로 하죠."

*　　　*　　　*

견습생들은 품 자 형의 건물 중 뒤쪽 좌측의 건물에 배정을 받았다. 방은 넉넉했기에 마음에 드는 방을 마음대로 고를 수 있었다.

각자의 방을 정한 그들은 원탁이 놓인 회의실에 모였다.

"왜 우리를 이곳으로 보낸 걸까?"

제갈민(諸葛敏)의 물음에 답을 낼 수 있을 만큼 이곳에 대해 충분히 알고 있는 사람이 없었다. 하지만 한 가지 확실한 것이 있다면 이곳 지부가 그들이 기대한 것만큼 훌륭하지 않다는 것이다.

그들 여섯 명은 만민수호문의 삼백 명 수련생들 중 십 위 안에 들 정도로 성적이 우수했다.

통상적으로 견습을 나갈 때는 성적이 우수한 생도와 하위권 생도를 골고루 섞어서 보내는 게 상식이었다.

그런데 십 위 안에서 무려 여섯 명을 한 곳 지부에 몰아서 견습생으로 보냈다. 그래서 그들은 내심 기대에 부풀어 있었으나 기대가 실망으로 바뀌는 데는 오랜 시간이 필요치 않았다.

"겉보기와는 다를 수도 있지."

황보욱(皇甫旭)은 시큰둥한 표정으로 말했다. 작달막하고 통통한 그는 언제나 뚱한 표정이었고 말투도 툭툭 뱉어서 매일이 불만투성이인 사람 같았다.

기대를 나타내는 말조차 불평처럼 들리니 정말 불평을 할 때면 절로 앞날이 암담하게 느껴졌다. 천하의 황보세가 자제가 저런 성격을 가졌다는 게 신기하기도 했다.

"이번에 귀인문에 의한 습격으로 괴멸된 지부가 많았잖아. 아마 그것 때문에 배치에 제대로 신경을 쓰지 못했을 수도 있어. 그렇지 않고서야 우리처럼 훌륭한 인재들이 한곳에 집중적으로 올 리가 없지. 이런 곳에 말이야."

명문 화산파(華山派)의 장문인 딸답게 자존심과 자부심이 심하게 강한 소희진(蘇熙眞)은 자신에게만큼 남에게도 엄격해서 언제나 박한 평가를 내렸다.

물론 이곳 신야현 지부에 대한 생각은 그들 여섯 명 모두 같았기에 그녀의 냉정함을 비난하는 사람은 없었다.

"여기가 어떤 곳이든 우리만 잘하면 되잖아."

말을 한 사람은 청성파(靑城派)의 제자 남혜령(南惠怜)이었다. 복스럽게 둥근 얼굴에 큰 눈을 가진 그녀는 외모만큼이나 온화한 성품을 가지고 있었다.

황보욱과는 다르게 매사에 긍정적이어서 소희진이 여보살이라는 별명을 붙여주었다.

"우리가 전례 없이 견습생이라는 이름으로 지부에 파견을 나온 이유를 몰라서 그래?"

당자계(唐子桂)가 답답하다는 듯 톡 쏘아붙였다. 지부로 파견을 나갈 때는 본부에서 충분히 수련을 한 후에 가는 것이 순서였다. 그러나 이번 습격으로 인해 부족해진 인원을 채우느라 수련의 몫이 지부로 옮겨져 버렸다.

그러니 유능한 사람이 많은 지부로 가는 게 자신의 안전을 담보하면서 실력을 키우기에도 좋은 것이다.

"이렇게 하찮은 지부를 훌륭하게 키우면 문에서 우리의 능력을 인정해 줄 테니 오히려 기회가 될 수도 있지."

야망이 큰 모용한영(慕容韓英)은 당차게 말했다. 쇠락한 모용세가를 부흥시키는 게 자신의 운명이라고 굳게 믿는 그녀다운 생각이었다.

당자계가 피식 비웃음을 흘렸다.

"그것도 살아 있을 때 얘기지."

"천하의 사천당문(四川唐門) 둘째 아들께서 왜 이리 약한 소릴 하실까?"

당자계의 말에 대한 황보욱의 대꾸에는 못마땅함이 가득했다. 백 년 훨씬 전에 있었던 당문과 황보세가의 싸움은, 그 오랜 세월을 보냈음에도 쉬이 없어지지 않았다.

무림의 원한은 엷어질지언정 깨끗하게 사라지는 법이 없었다.

다툼이 더 커지기 전에 재빨리 제갈민이 나섰다.

"지금은 우리끼리 다툴 때가 아니잖아. 협심해서 어떻게든 이 하찮은 지부에서 힘을 키우며 살아남아야지."

"우리가 일해야 할 곳을 너무 하찮게 보는 건 아닐까?"

독백 같은 남혜령의 말에는 아무도 신경 쓰지 않았다. 언제나 가장 먼저 행동하고 결정하는 제갈민이 일어서며 말했다.

"일단 지부장을 만나보자. 우리가 맡을 역할이 무엇인지 알아야 목표도 명확해질 테니까."

여섯 명이 모두 의자에서 엉덩이를 뗄 때 갑자기 문이 열렸다. 깜짝 놀라서 고개를 돌리는 그들의 시선에 이제 스무 살 정도 되어 보이는 사내가 들어왔다.

자신의 감정을 쉽게 드러내는 아녀자라면 '아!' 하는 감탄사를 터뜨릴 정도로 잘생긴 사내였다.

실내를 스윽 훑어본 사내의 입가에 웃음이 그려졌다.

"예쁘장한 처자들이 왔다고 하더니 정말 그렇군. 좋아, 마음에 들어."

사내는 그렇게 흡족한 얼굴로 나타날 때만큼이나 갑작스럽게 사라졌다. 어리둥절한 얼굴로 사내가 사라진 빈 공간을 바라보던 당자계가 중얼거렸다.

"이 지부는 대체 어떻게 돼먹은 곳이야?"

\*　　　\*　　　\*

"또 대낮부터 기루에 갔다 왔나?"

목승탁의 물음에 선우연은 빙그레 웃음을 지었다.

"앞으로 기루보다 이곳이 더 즐거운 곳이 될지도 모르겠군."

선우연을 물끄러미 보던 목승탁은 고개를 절레절레 흔들었다.

"자네의 의도를 모르겠군. 아무리 우리에게 소털처럼 많은 날들이 남아 있다고 해도 이곳에서 시간을 낭비하고 있다니. 대체 자네의 진짜 의도가 뭔가?"

목승탁은 상대의 의중을 굳이 물을 필요가 없었다. 대부분은 그 사람의 얼굴이나 말에서 고스란히 드러났고, 또 굳이 그들의 속마음을 신경 쓸 필요가 없기 때문이다.

세상에 오직 여섯 명만이 목승탁으로 하여금 마음을 쓰게 만들었는데 선우연이 그중 하나였다.

"자네 말대로 소털처럼 많은 날이 남아서 내가 좀 도와주고 있는 건데 무작정 의심을 하니 서운하군."

"내 의심이 그저 노파심으로 끝난다면 좋겠지만……."

목승탁이 말끝을 흐리자 선우연은 예의 그 입만으로 보이는 웃음을 머금고 몸을 돌렸다.

"보아하니 내가 있을 날도 얼마 남지 않은 것 같으니 너무 조바심 내지 말게."

"도무진과의 연공이 그리 말할 만큼 순조로운가?"

문고리를 잡은 선우연은 고개를 돌렸다. 웃음은 사라지고 심연처럼 깊은 시선만이 목승탁을 응시했다.

"정말 흡혈귀를 사용할 텐가?"

"새삼스러운 질문이군."

옅은 한숨을 쉰 선우연이 독백처럼 중얼거렸다.

"얼음의 심장을 가졌다는 자네가 어쩌면 우리 중 가장 인간적일지도 모르겠군."

선우연이 집무실을 나가고 한참 후에야 목승탁은 허공에 흩어진 말을 주워 다시 입 밖으로 뱉었다.

"인간적이라."

그 낯섦에 가슴이 시린 건 향수 때문일 것이다.

한참 동안 복잡한 심경의 바다를 헤매다 겨우 정신을 추스르려 할 때 방문자들이 찾아왔다. 여섯 명의 견습생이었다.

집무실로 들어와 일렬로 늘어선 솜털 보송보송한 녀석들의 얼굴에는 까닭 모를 비장함이 느껴졌다.

"용건이 뭐냐?"

"먼저 이곳 지부가 어떻게 돌아가는 것인지 알고 싶습니다."

제법 똑똑하게 생겼고 피부가 유난히 하얀 사내 녀석이 그렇게 말했다.

지부장에 대한 공손함은 찾아볼 수 없는 녀석들의 행동에는 뭔가 불만이 가득한 것 같았다. 하지만 햇병아리들의 기분까지 생각해 줄 정도로 마음이 넉넉한 목승탁이 아니었다.

"세해귀가 나오면 싸우고 그 외에는 너희들 알아서 해라."

"그것… 뿐입니까?"

"간단할수록 좋지."

어이없다는 얼굴로 잠시 목승탁을 보던 녀석이 말했다.

"전 제갈세가의 차남 제갈민이라고 합니다. 그리고 이 친구는⋯⋯."

제갈민은 늘어선 녀석들을 일일이 소개했다. 황보세가며, 청성파, 화산파의 제자와 자제들로 무림에서 모두 한가락 하는 문파 소속이었다.

제갈민의 소개에는 '우린 이런 사람이야' 라는 걸 알리고 싶은 치기 어린 마음이 담겨 있겠지만 목승탁에게 그런 배경이 눈에 들어올 리 없었다.

"그리고 저흰 삼백여 명의 수련생 중 모두 십 위 안에 든 인재들입니다."

마지막 말에는 자부심도 가득했다. 여섯 명을 스윽 훑어본 목승탁이 시큰둥한 목소리로 말했다.

"잘됐구나."

이어지는 목승탁의 말이 없자 당자계가 물었다.

"하실 말씀이 그것뿐입니까?"

"오래 살아남다 보면 싸우는 요령도 터득할 것이다."

"수련을 시켜주는 사범이나 우리를 강하게 해줄 방법 같은 건 없는 겁니까?"

"여긴 세해귀를 잡는 곳이지 수련을 하는 곳이 아니다. 수련을 원하면 너희 가문으로 돌아가서 충분히 강해진 다음에 오도록 해라."

"하다못해 세해귀와 싸우는 법 정도는……."

"그런 건 알아서 해야지. 그만 나가봐라."

목승탁은 귀찮다는 듯 손을 휘휘 저었다. 뜨악한 표정의 수련생들은 목승탁을 보다가 약속이나 한 듯 긴 한숨을 쉬고 집무실을 나갔다.

"꽤나 성가시군."

목승탁은 이곳에서의 일을 빨리 마무리 짓고 싶은 마음이 굴뚝같았다.

"지부장님."

손수민의 조심스러운 목소리였다.

"또 뭐냐?"

"세해귀가 나타났습니다."

"들어와라."

문이 열리고 손에 종이를 든 손수민이 잔뜩 긴장한 표정으로 들어왔다.

"종류는?"

"형태변환자들입니다. 그런데 특이하게 육 등급입니다."

"육 등급?"

형태변환자는 하급에 속하는 세해귀였다. 인간과 구분하는 게 까다로워서 그렇지 보통 사 등급을 넘어가는 경우는 드

물었고 강해야 오 등급 정도였다.

　그런데 육 등급의 형태변환자라면 무척이나 특이한 경우다. 그리 강하지 않은 세해귀 중에서 등급이 높은 녀석들은 원래 강하게 태어난 세해귀보다 위험하게 마련이다.

　"몇 마리라고 하더냐?"

　"열에서 서른 마리 사이라고 합니다."

　목승탁이 눈살을 찌푸렸다.

　"너무 부정확하군."

　"도욱현(導旭縣)의 한 장원에 있는데 귀기탐응이 제대로 숫자를 파악할 수가 없었다고 합니다."

　"장원이라면 개인 소유일 터인데 그런 곳에 형태변환자들이 떼로 몰려 있으니 필시 집단생활을 하고 있다고 봐야겠군. 그런데 왜 그런 곳이 이제야 발견된 거지?"

　손수민에게 묻는다기보다는 스스로 가진 의문이었다. 그럼에도 손수민은 친절하게 자신의 생각을 말해주었다.

　"장원에 술법이 펼쳐져 있는 건 아닐까요? 귀기탐응이 정확한 숫자를 파악하지 못한 이유까지 설명이 되잖아요."

　"그리고 어떤 이유에서 그 술법에 틈이 생겨 귀기탐응에게 발각되었다? 일리가 있군."

　"거기에 함정이 아닌지도 염두에 두어야 하겠죠. 인호를 잡으러 갔을 때처럼 말이죠."

"귀인문을 생각하는 것이냐?"

"전례가 있으니 의심을 해봐야 한다고 생각합니다."

"매번 함정을 걱정할 거라면 세해귀 사냥은 때려치워야지. 오희련 불러라."

손수민은 뭐라 말을 하려다가 이내 입술을 깨물고 나갔다. 반 각이 지나지 않아 부름을 받은 오희련이 왔다.

"얘기는 들었느냐?"

"지부장님께서 찾는다는 얘기만 들었는데요?"

작게 고개를 끄덕인 목승탁은 대수롭지 않은 일인 것처럼 서류를 내려다보며 말했다.

"형태변환자가 나타났다는군. 도욱현이라니까 넉넉잡고 네 시진이면 갔다 올 수 있을 것이다. 수련생들 데리고 다녀오너라."

"한 마리입니까?"

"한두 마리 더 많을 수도 있고. 그 정도는 너 혼자서도 충분하겠지?"

"그럼요. 그런데 수련생들을 꼭 데리고 가야 합니까? 귀찮은데."

"그놈들도 경험을 쌓아야지. 밤이슬 맞기 싫으면 서둘러라."

오희련을 보낸 목승탁은 손수민의 작업실로 갔다.

"시내에 가서 약초 좀 사오너라."

쇠로 된 원통을 붙들고 꼼지락거리던 손수민이 의아한 표정으로 물었다.

"웬만한 약초는 모두 있을 텐데요?"

"소부초(蘇富草)와 황지엽(黃指葉)이 필요하다."

"네? 그것들은 큰 성에서조차 구하기 힘든 것들인데 어찌 이런 곳에서……."

"시내의 약방이란 약방은 모두 둘러봐라."

목승탁은 돈이 든 주머니를 손수민의 손에 쥐어주고 등을 떠밀어 지부를 떠나게 했다.

오희련에게 사실을 알려줄 수 있는 단 한 사람이 사라졌으니 이제 남은 건 기다리는 것뿐이다.

*        *        *

오희련은 준비를 마치고 나온 수련생들을 보고 긴 한숨을 내쉬었다.

"술법사는 없고 모두 무사냐?"

"저희 셋이 술법산데요."

소희진이 남혜령과 당자계를 가리키며 말했다.

"그런데 등에 맨 검은 뭐냐?"

오희련의 물음에 당자계가 대답했다.

"만약을 대비해 가지고 다니는 겁니다. 저희 모두 검법은 조금씩 익혔으니까요."

만민수호문에서 무사와 술법사를 확실하게 구분하는 데는 다 이유가 있다. 세해귀와의 싸움에서는 한 가지 확실한 무기가 어설픈 백 가지 무기보다 월등히 낫다는 걸 저들은 아직 모르고 있었다.

하지만 오희련은 굳이 설명을 해주지 않았다. 직접 겪어보는 것이 그녀의 백 마디 말보다 나을 테니까.

"형태변환자 한두 마리 사냥하는 것이지 성을 치러 가는 게 아니다. 꼭 필요한 부적과 무기 외에는 모두 두고 가라."

"무기는 많으면 많을수록 좋은 거잖아요?"

소희진의 물음에 오희련은 애써 성질을 누그러뜨리고 차분한 목소리로 말했다.

"지닌 것이 많으면 몸이 무겁게 되고, 무거운 몸은 세해귀와의 싸움에서 치명적일 수 있다."

"세해귀와 싸울 때는 신마에 놔두고……."

"두고 가라면 두고 가!"

\*      \*      \*

홍무각(洪武閣)이라는 이름의 현판이 붙은 건물은 남궁벽으로 하여금 보이지 않는 벽에 부딪친 것처럼 걸음을 멈추게 만들었다.

저 건물을 돌아가면 만나게 될 장소. 남궁세가의 모든 건물, 심지어 마구간조차 이름이 붙어 있는데 오직 단 한 곳만은 이름 없는 창고로 남아 있는 곳.

홍무각의 북쪽 벽을 돌아가면 그곳이 보인다.

남궁세가에 도착한 후 사흘 동안 남궁벽은 딱 여기까지밖에 오지 못했다. 여섯 번의 발길은 언제나 반 시진 남짓의 망설임 끝에 왔던 길을 돌아가는 것으로 끝이 났다.

"이곳엔 어인 일이냐?"

뒤에서 들린 목소리에 깜짝 놀란 남궁벽은 고개를 돌렸다. 거뭇한 짧은 수염을 기른 남궁화명은 예의 그 서늘하고 무감정한 얼굴로 남궁벽을 응시하고 있었다.

"형님……."

열한 살의 나이 차는 남궁화명을 형이 아닌 또 다른 아버지처럼 느끼게 만들었다. 형제의 살가움보다는 엄격함이 둘 사이에 놓인 유일한 다리여서인지도 모른다.

"산책을 하는 중이었습니다."

남궁화명은 굳이 그의 어설픈 변명을 추궁하지 않았다.

"되도록 이 근처에는 오지 마라."

그 말만 남기고 곁을 지나쳤다.

"어머니는 어떠십니까?"

물으려고 한 건 아니었다. 나올 대답이 너무 뻔했고 그 대답을 들으면 가슴만 아플 테니까.

역시 부지불식간에 나온 물음에 대한 답은 남궁벽의 예상을 빗나가지 않았다.

"그건 어머니가 아니다. 어머니는 칠 년 전에 돌아가셨다."

자신과는 전혀 상관없는 남의 얘기를 하는 것처럼 차가운 음성을 남긴 남궁화명은 홍무각의 벽을 돌아 시야에서 사라졌다.

가슴 속에 꾹 눌린 오래 묵은 감정이 비수가 되어 식도를 넘어왔다. 욕지기가 치밀어 절로 허리가 숙여졌다.

"우욱!"

식도를 따갑게 한 쓴물은 입술 밖으로 삐져나와 길게 늘어져 황토색 땅에 점점이 떨어졌다.

"그것이라… 그것… 큭큭큭!"

그와 함께 산책을 하고 따스한 손길로 머리를 쓰다듬어 주고, 달콤한 목소리로 자장가를 부르던 어머니는 지난밤의 꿈으로 스러지고 지금은 고작 '그것' 으로밖에 대접받지 못했다.

차라리 정말 죽었다면 추억이나마 곱씹을 수 있을 것을, 남궁세가의 욕심은 그것조차 허락하지 않았다.

입가를 소매로 닦으며 허리를 편 남궁벽은 홍무각을 돌아갔다. 주저하고 망설였던 것에 비하면 거침없는 걸음이었다.

황토색의 벽이 보였다. 수십 년의 비바람에 갈라지고 터진, 없는 집의 창고 같은 건물은 그렇게 서 있었다.

손잡이와 문턱이 만나는 부분에 녹이 슨 철문 앞에는 두 명의 경비가 지키는 중이었다.

가슴에 청룡이 수놓인 옷을 입은 이십 대 후반의 그들은 남궁세가에서도 정예들만 모아놓은 청룡당(靑龍堂) 소속이다.

남궁벽의 기척에 허리에 걸린 검 손잡이를 잡던 두 사람은 곧 남궁벽을 알아보고 허리를 숙였다.

"이공자님을 뵙습니다."

"형님 안에 계시냐?"

"방금 들어가셨습니다."

"알았다. 문을 열어라."

"죄송하지만 이곳은 허가를 받은 사람만 출입할 수 있습니다."

남궁벽은 짙은 눈썹을 최대한 곤두세웠다.

"내가 내 집을 왕래하는데 허가를 받아야 한단 말이냐?"

"하지만……."

"걱정할 것 없다. 형님이 불러서 온 것이니."

남궁벽은 무작정 걸음을 옮겼고 두 무사는 차마 무력으로 그를 막지 못했다.

철문을 열자 따뜻한 날씨에 어울리지 않게 서늘한 기운이 엄습했다. 심호흡을 한 남궁벽은 창고 안으로 들어갔다.

천장 가까이 뚫린 사방 한 자 정도의 작은 창문에서 들어온 빛은 창고 안의 습기를 모두 말려주지 못해 짙은 곰팡이 냄새가 풍겼다.

스무 평 남짓한 창고는 텅 비어 있었고 정면 벽에 세월의 때가 묻어 회색으로 변한 높이 다섯 자 정도의 나무 상자 하나만 놓여 있었다.

남궁벽은 나무 상자를 옆으로 밀었다. 옅은 마찰음과 함께 지하로 내려가는 계단이 모습을 드러냈다.

계단 아래에서, 창문으로 들어오는 빛보다 밝은 빛이 얼굴 아래쪽을 비추었다.

여기까지 왔는데도 남궁벽은 계단을 내려가는 걸 망설이고 있었다. 남궁세가를 떠나기 전 마지막 보았던 어머니의 그 모습이 아직도 뇌리에 생생했다.

한동안 악몽에 시달리게 했던 그 모습을 다시 보는 건 검날 위를 걷는 것만큼이나 섬뜩한 두려움으로 다가왔다.

몸을 반쯤 돌렸다가 다시 계단을 향하는 서성임을 세 번 반복한 후에야 남궁벽은 아래로 걸음을 내디뎠다.

　적벽돌의 벽에 꽂힌 횃불의 일렁이는 불빛이 그의 그림자를 자꾸 뒤로 밀어냈다.

　좁은 계단의 정면은 벽이었고 저 모퉁이를 돌아가야 비로소 지하실을 만날 수 있었다.

　'그렇던가?

　기억하기로는 그런 구조였지만 확신할 수는 없었다. 남궁벽은 조심스럽게 계단을 내려갔다. 계단이 꺾이는 부분에 다다라서는 모퉁이에 어깨를 기대고 고개만 빼서 벽 너머를 보았다.

　그의 기억은 틀리지 않았고 또한 틀리기도 했다. 모퉁이 너머에 지하실이 있는 것은 맞는데, 기억하고 있던 것보다 훨씬 넓었고 천장도 높았다.

　남궁벽이 모퉁이에 기대 본 각도에서는 지하실 전체가 보이지 않았다. 길게 늘어선 서른여덟 개의 계단 맞은편에는 실험 도구를 보관하는 일 장 높이의 보관함이 놓여 있었는데 천장과 한 자 정도의 공간이 비어 있었다.

　그 왼쪽으로는 철제 탁자가 길게 늘어섰고 그 주변으로 칼이며 가위, 집게, 용도를 알 수 없는 갖가지 기구들이 불빛을 받아 반짝였다.

　시야에 잡히는 두 명은 철제 탁자 앞에서 무언가를 만지작

거리는 중이었다. 두 명 모두 예순 어름으로 보이는 반백의 노인들이었다.

남궁화명은 시야에 잡히지 않은 것으로 보아 계단을 완전히 내려가야 보이는 안쪽에 있는 모양이다.

그리고 비로소 기억이 났다. 그때 또한 계단을 다 내려간 후 고개를 돌리고 나서야 어머니의 마지막 모습을 볼 수 있었다.

십 년은 기른 듯한 긴 손톱과 기름을 바른 것처럼 번들거리는 피부, 깨알만큼 작아진 눈동자에서는 귀기가 번뜩였다. 물론 가장 잊을 수 없는 모습은 입술 밖으로 삐져나온, 이제 막 내린 눈보다 흰 두 개의 긴 송곳니였다.

남궁세가의 안주인으로 행복한 삶을 살던 그녀는 잠깐의 외출로 인해 흡혈귀가 되었고, 그것은 오랜 세월 끝나지 않는 가장 큰 불행으로 이어졌다.

그 점철된 불행의 과정에서 남궁벽은 남궁세가가 얼마나 잔인해질 수 있는가를 보았다.

남궁설평(南宮設平)은 자신과 평생을 동고동락하며 세 명의 아이를 낳아준 여인을 가차 없이 실험실로 집어넣어 버렸다. 오로지 남궁세가가 강해지기 위해서.

남궁설평도 흡혈귀의 힘을 흡수하는 데 이리 오랜 시간이 걸릴지는 몰랐을 것이다. 무려 칠 년의 시간을 보냈는데도 어머니는 아직 은으로 만든 사슬에 묶여 끝나지 않을 것 같은 고통에서 허우적대고 있었다.

"그 노비의 경우에서 증명되었듯 흡혈귀의 힘을 흡수해 강해질 수는 있습니다. 하지만 힘을 얻었을 경우 생기는 광증의 해결은 아직 시간이 필요합니다."

시야가 미치지 않는 곳에서 노인의 음성이 들렸다. 이어서 남궁화명의 목소리가 뒤따랐다.

"그 노비는 보통 사람이었소. 무공을 익힌 무림인이라면 결과가 달라지지 않겠소?"

"그건 장담할 수 없습니다. 체력과 정신력이 다르니 결과도 달라질 수 있겠지만 너무 큰 모험이지요."

"빠른 시일 안에 적당한 사람을 물색해 보겠소."

"지원자가 있겠습니까?"

물음을 던진 사람은 남궁벽의 시야 안에서 실험 도구를 만지작거리던, 온통 흰 머리칼을 가진 노인이었다.

"그건 제가 알아서 하겠소이다."

이런 위험천만한 실험에 지원자가 있을 리 없다. 한때 정의의 횃불이라고 일컬어지던 남궁세가가 어쩌다 이리 타락했는지. 힘의 지배를 받는 무림의 잔인한 그림자는 정의의 씨를 이처럼 말려 버리는 것 같았다.

"우리가 만든 중화제(中和劑)가 효과를 거둔다면 가능성은 높아질 것입니다. 물론 충분하지는 않지만."

백발노인이 얘기를 하면서 남궁벽의 시야에서 천천히 사라졌다. 이제 지하실에 있는 네 사람이 모두 어머니 근처에 모여 아무도 보이지 않았다.

잠시 망설이던 남궁벽은 아래로 천천히 내려갔다. 여기까지 왔으니 어머니의 모습이라도 보고 싶었다.

장막이 걷어지듯 지하실의 안 보이던 곳이 조금씩 시야에 들어왔다. 옅은 두 개의 그림자가 먼저 보이고 남궁화명과 백발 노인의 뒷모습이 비쳤다.

본능적으로 걸음을 멈춘 남궁벽이 조심스럽게 계단을 내려갔다. 그는 그저 어머니를 한 번 보고 싶을 뿐 저들과 부딪쳐서 번거로움을 만들고 싶지는 않았다.

계단을 중간쯤 내려가자 비로소 지하실이 모두 눈에 들어왔다. 네 사람은 모두 남궁벽에게 등을 보인 채 한곳을 주시하고 있었다.

그들의 시야가 닿는 곳, 거기에 어머니가 있었다.

벽에 연결된 은으로 만든 사슬에 손발이 묶인 어머니는 큰대(大)자로 사지를 벌린 모습이었다.

가슴과 아랫도리를 겨우 가린 최소한의 의복을 걸친 그녀의 몸에는 수십 개의 투명한 관이 연결되어 있었다.

목과 가슴, 팔에 꽂힌 관에는 붉은 피가 고였고 옆구리와 다리에 꽂힌 관에는 염소젖 같은 뿌연 액체가 차 있었다.

그것들은 어머니의 몸에서 나와 다시 어머니의 몸으로 들어가는 순환을 반복하는 중이었다.

그처럼 끔찍한 모습의 그녀는, 그러나 남궁벽이 기억하던 마지막 형태는 아니었다.

푸석하게 흰 머리칼은 팔순 노파의 그것 같았고 잿빛의 눈동자는 죽은 자의 동공과 다를 바 없었다. 송곳니와 길게 자랐던 손톱은 자취도 없었으나 창백한 피부는 여전했다.

차라리 기억하던 그 모습이었다면 눈 딱 감고 돌아섰을 것이다. 하지만 오히려 그와 산책하고 함께 식사를 하고 침대에서 자장가를 불러주던 어머니의 모습에 더 가까워 남궁벽은 차마 발길을 돌릴 수가 없었다.

당장이라도 달려가서 어머니를 구속하고 있는 사슬을 풀어주고 싶었다.

어머니의 모습에 끌린 남궁벽은 어느새 계단을 모두 내려왔다. 네 사람은 등을 보이고 있었기 때문에 그때까지 남궁벽이 온 것을 눈치채지 못했다.

"새로운 실험체는 언제 얻을 수 있겠습니까?"

"내일 바로 데려오지요."

"그럼 일단 오늘은 여기까지 해야겠습니다."

저들이 지하실을 떠날 모양이다. 지금 당장 지하실 계단을 올라간다고 해도 저들의 눈을 피하기에는 너무 늦었다.

남궁벽은 엉겁결에 정면에 있는 보관함 위로 몸을 날렸다. 천장과 틈이 좁기는 했지만 그 한 몸 들어갈 공간은 되었다.

그가 납작 엎드리자 네 사람이 몸을 돌렸다. 남궁벽이 있는 공간은 어두웠고 높았기 때문에 저들의 시야에 걸리지 않았다.

남궁화명이 앞장을 서고 세 노인이 뒤를 따라 지하실의 계단을 밟아 올라갔다. 저들 중 누구라도 고개만 돌리면 남궁벽을 발견할 수 있었다.

처마 밑에 숨은 도둑처럼 조마조마한 심정의 남궁벽을 뒤로 하고 네 사람은 지하실에서 완전히 사라졌다.

긴 안도의 한숨을 내쉰 남궁벽은 보관함에서 내려왔다. 의도하지 않게 지하실에 홀로 남아버린 그의 시선은 자연스럽게 어머니에게로 향했다.

생기 없는 그녀의 눈동자는 빈 허공을 응시하고 있었다. 분명 그가 보일 텐데 줄에 매달린 목각인형처럼 아무 반응도 없었다.

남궁벽은 최면에 걸린 사람처럼 주춤주춤 어머니를 향해 다가갔다. 투명한 관을 타고 흐르는 피와 하얀 액체가 꾸르륵 꾸르륵 소리를 냈다.

아무 의도 없이, 어떠한 목적도 가지지 않고 남궁벽은 어머니의 앞에 섰다. 그녀는 키가 남궁벽보다 한 뼘은 작았지만 벽에 매달린 탓에 눈높이는 비슷했다.

자석에 끌린 것처럼 다가간 남궁벽은 어머니와 불과 두 자의 사이를 두고서야 걸음을 멈췄다.

"어머니……."

그토록 불러보고 싶었던 그 이름은, 그러나 자신의 귀에마저 겨우 들릴 정도로 낮았다. 그런데 갑자기 그녀의 눈동자가 흔들렸다.

인형의 가짜 눈처럼 또륵 움직인 눈동자에서 뿌연 빛이 사라지고 초점이 모아졌다.

어머니의 눈동자에 비로소 남궁벽의 모습이 투영되었다.

"벽아……."

너무 가라앉아 마치 남자의 목소리 같은 음성이 하얗게 튼 어머니의 입술을 비집고 나왔다. 남궁벽은 절로 소름이 돋아 자신도 모르게 한 발 물러섰다.

그러자 어머니의 입가가 위로 올라갔다. 주름을 품은 그것은 웃음일 텐데 울음보다 더 슬퍼 보였다.

"우리 벽이는… 내가 무서운… 모양이구나."

그렇게 오랜 세월을 건너뛰고도 어머니는 훌쩍 커버린 남궁벽을 단번에 알아보았다.

"어머니……."

남궁벽은 같은 이름을 되뇌는 것 외에 어떤 말도 할 수 없었다. 흡혈귀가 되어 벽에 매달린 그녀에게 무슨 말을 해야 할까?

"벽이가 남자가 된 걸 보니… 세월이 많이 지난… 모양이구나."

힘겨운 그녀의 모습은 남자라 불린 남궁벽의 눈에서 눈물을 뽑아냈다.

"죄송해요. 정말… 죄송해요."

그녀가 고개를 젓자 목에 연결된 관이 흔들렸다.

"아니다. 네 아버지와 형이 하는 일을 네가 어찌 막겠느냐?"

어머니의 시선이 옛일을 회상하듯 아련해졌다.

"그때처럼 넌 착하구나. 외모도 성격도 날 가장 많이 닮은 아이가 너였지."

그랬다. 그래서 어머니와 가장 많은 시간을 보낸 자식도 남궁벽이었고, 편애를 한다고 질투를 받을 정도로 그녀는 남궁벽을 아꼈다.

"네가 어떻게 지냈는지 이야기를 들었으면 좋겠지만 그렇게 시간이 많을 것 같지 않구나."

남궁벽이 지하실로 들어왔다는 걸 두 명의 경비가 남궁화몃에게 아직 알리지 않은 것 같지만 조만간 알게 될 것이다.

"네. 전 그저… 어머니 얼굴이나 뵈려고……."

자꾸 목이 메어 말이 토막토막 끊겼다.

"이 어미나 한 번 안아주고 가려무나."

아마 그녀의 체온은 시체처럼 싸늘할 것이다. 이미 죽은 것이나 다름없는 어머니를 느껴야 한다는 게 두려웠지만 남궁벽은 한 걸음 다가가 팔을 뻗었다.

이제 정말 마지막 모습일 그녀를, 긴 송곳니와 손톱을 가진 흡혈귀가 아닌 그의 곁을 지켜주던 어머니의 온전한 모습으로 기억하고 싶었다.

남궁벽은 관을 피해 어깨 뒤로 손을 집어넣고 얼굴에 그녀의 차가운 뺨을 느꼈다. 온기라고는 전혀 없었지만 따뜻한 음성이 얼음 같은 체온을 대신해 남궁벽의 가슴을 데워주었다.

"죄송해요."

아무 소용없는 사과를 다시 한 번 뱉는데 목에 화끈한 통증이 느껴졌다. 그것이 어머니의 송곳니라는 걸 아는 데는 긴 시간이 필요하지 않았다.

"끄윽!"

온몸이 단숨에 싸늘하게 식는 것 같았다.

\*　　　\*　　　\*

목승탁은 술법책을 훑어보다 문가에 나타난 선우연을 발견하고 물었다.

"도무진은 혼자 수련을 하고 있나?"

"아니. 급히 나가는 것 같던데?"

"나가다니? 어딜?"

"세해귀 사냥에 따라가는 것 같더군."

목승탁의 눈썹이 곤두섰다.

"도무진이 그걸 어찌 알았단 말인가?"

"세상에서 제일 지키기 어려운 게 여자의 정조와 이곳에서의 비밀이지."

"자네가 알려줬나?"

"글쎄."

대답이 모호하다는 건 목승탁의 예상이 맞다는 의미다.

"어찌 알았나?"

"그게 뭐 그리 중요하겠나? 중요한 건 자네 의도의 성패지. 안 그런가?"

손에 든 책을 아무렇게나 바닥에 던진 목승탁이 물었다.

"내 의도가 무엇인데?"

"새로 온 여섯 조무래기야 안중에도 없을 테고… 오희련, 그 아이의 죽음이겠지."

"내가 왜 그 아이가 죽기를 바란단 말인가?"

선우연의 입가에 웃음이 그려졌다. 저처럼 차가운 눈으로 웃음을 만들 수 있는 사람은 선우연뿐일 것이다.

"나 때문이겠지. 그리고 보면 우리의 관계는 참 묘해. 친구인가, 적인가?"

"난 한 번도 자네를 적이라고 생각한 적이 없는데 자네는 다른 모양이군."

"오해 말게. 나에게 역시 자네는 잃고 싶지 않은 친구니까. 하지만 자꾸 친구의 선물을 못 쓰게 만들려고 한다면 아무리 좋은 친구도 화를 낼지 모르네."

"그 선물의 의도가 위험하다면 친구를 위해 어쩔 수 없는 노릇이지."

"위선은 그만두게. 그러기에는 우린 너무 오래 살았어."

"솔직함을 원한다면 자네부터 펼쳐 보이게. 자네가 정말 원하는 게 뭔가? 무엇 때문에 이곳에 이처럼 오래 머무르고 있느냐 이 말일세."

"고약한 축객령이로군. 안 그래도 슬슬 떠날 참이네."

"오희련을 데리고?"

"그 아이가 동행을 원한다면 나도 굳이 거부하지는 않겠지."

목승탁은 긴 한숨을 쉬었다.

"오희련이 자칫하다가는 세상에서 가장 위험한 세해귀가

될 수도 있다는 건 알고 있을 텐데. 그걸 아니까 자네가 굳이 그 아이를 데리고 가려는 것일 테고."

"진작 죽이지 않은 것을 후회하나?"

"굳이 그럴 필요가 없었지. 그냥 그대로 됐으면 훌륭한 만민수호문의 문도가 됐을 테니까."

"자신이 무엇이 될 것인가는 결국 자신이 택해야 하는 것 아니겠나? 내가 그 흡혈귀와의 위험한 도박을 말리지 않는 것도 자네의 뜻을 존중해서인 것처럼 말일세."

"난 내 개인의 일이지만 자네가 의도하는 건 필시 커다란 무엇이겠지. 부디 위험한 생각일랑 거두게. 지금 이대로도 충분하지 않은가?"

선우연은 의미 모를 웃음만 짓고 사라졌다.

제11장
반목

　도욱현은 밀을 대량으로 재배하는 중원의 어디에서나 흔히 볼 수 있는 고을이었다.

　가게들이 즐비하게 늘어선 시내와 분주히 오가는 사람들, 상대적으로 조용한 주택가들이 그들의 긴장을 조금은 풀어주었다.

　하늘을 보고 귀기탐웅의 위치를 확인한 오희련은 고을의 중심부를 지나 외곽으로 향했다.

　집들이 띄엄띄엄해지고 작은 언덕을 오르자 비로소 귀기탐웅이 맴도는 아래쪽에 장원이 보였다.

죽림장(竹林莊)이란 이름의 현판이 붙은 장원은 담 높이가 일 장 가까이 되어서 들어가지 않고는 안을 확인할 수 없었다.

"꽤 넓은 곳이군요."

급하게 신마를 타고 온 탓에 남혜령의 목소리는 거칠었다. 오희련은 박달나무로 만든 대문 앞에서 멈췄다.

어제 만든 것처럼 반들거리는 문은 이끼 하나 보이지 않는 담처럼 관리가 잘되어 있었다.

"안에서 느껴지는 인기척은 없군요."

제갈민의 말대로 그들과 신마의 거친 숨소리만 아니면 고요함이 대지를 뒤덮고 있었다.

머리 위의 귀기탐응은 자신의 할 일을 마친 후 긴 울음을 터뜨리며 저 멀리 날아갔다.

"형태변환자에게 모두 당한 것인지도 모르지."

모용한영은 말을 하면서 검을 빼 들었다. 처음 나온 사냥인데 두려움보다 투지가 앞서는 건 나쁘지 않았다.

신마에서 내린 오희련은 문을 두드렸다. 장원 안의 상황을 모르는 상태에서 무작정 쳐들어갈 수는 없는 노릇이다.

그녀의 작은 두드림에 문은 꿈쩍도 하지 않았고 대답도 없었다. 손가락 마디가 아플 때쯤 오희련은 문 두드리는 걸 멈췄다.

장원 안으로 들어가는 두 가지 방법에 대해 고민하다가 그녀는 담을 넘는 쪽을 택했다.

"조심해. 한두 마리의 형태변환자라도 방심하면 충분히 너희의 목숨을 빼앗아 갈 수 있으니까."

신마의 등으로 올라간 오희련은 훌쩍 뛰어서 일 장 높이의 담을 넘었다. 담 아래쪽에는 이제 갓 심은 나무들이 듬성듬성 자리했고 뜰은 푸른 잔디로 뒤덮였다.

지은 지 얼마 되지 않은 듯 건물의 황토색 벽은 물을 발라 놓은 것처럼 반짝였다.

장원의 건물은 앞쪽에서 보는 것만 세 채였고 뒤쪽으로도 그만큼의 건물이 더 있는 것 같았다.

견습생들의 몸놀림은 가벼웠다. 확실히 명문가의 자식들다운 무공은 지닌 것 같아 한편으로 마음이 놓였다.

"빈집 같은데요?"

"싸움의 흔적도 없는 것 같고."

"사람이 산 흔적조차 찾아볼 수 없는데?"

그들은 저마다 한마디씩 자신의 의견을 뱉어냈다.

"흩어져서 수색해 볼까요?"

세 장의 부적을 손에 든 소희진의 물음에 오희련은 고개를 저었다.

"흩어지지 마."

저들이 능숙한 사냥꾼이라면 모를까 이제 첫 사냥에 나서는 애송이들이다. 아무리 가진 능력이 출중해도 세해귀와의 싸움에서 가장 중요한 건 경험이라는 걸 오희련은 잘 알고 있었다.

"모두 내 뒤에서 배후를 경계하며 따라와."

이번 사냥의 인솔자는 자신이니 저들의 안전 또한 자신의 책임이었다. 그래서 비교적 쉬운 사냥임에도 불구하고 어느 때보다 신경이 곤두선 상태였다.

'보모 노릇이라니. 마음에 들지 않아.'

오희련과 마찬가지로 여섯 명의 견습생 또한 불만스러운 건 마찬가지였다.

자신들보다 고작 한두 살 많은 오희련. 그녀에 대해 자세히는 모르지만 명문가의 자식은 아닌 게 분명한 그녀가 햇병아리 취급을 하고 있으니 마음에 들 리 없었다.

"우리 몸 정도는 스스로 지킬 수 있어요."

소희진의 말에 오희련은 사납게 쏘아붙였다.

"무식해서 용감한 자는 결국 그 대가를 목숨으로 치르게 되어 있다."

"형태변환자가 어떤 존재인지는 우리도 잘 알아요. 만민수호문에서 삼 년 동안 허송세월한 건 아니란 말이에요."

"그 삼 년 동안 정작 중요한 건 못 배운 것 같군."

"전장에 나온 이상 우린 당신이 보호해야 할 존재가 아니라 함께 싸워야 할 동료예요. 안 그런가요?"

성격 좋은 남혜령이 재빨리 나섰다.

"지금은 우리끼리 다툴 때가 아니에요. 그리고 희련 언니가 우리를 통솔하는 게 맞아. 아무래도 경험이 많으니까……."

"아니, 희진이의 말이 맞아. 너희도 이제는 만민수호문의 문도로서 당당한 세해귀 사냥꾼이니 당연히 그 몫을 해야지. 둘씩 짝을 지어서 건물을 수색해. 무사와 술법사가 한 명씩 짝을 짓도록. 시작해."

오희련은 그렇게 결정을 내렸다. 소희진의 의견에 동조를 한 게 아니라 '혼 좀 나봐라' 라는 마음이 더 컸다.

수련을 할 때 사로잡은 세해귀로 훈련을 하지만 실전은 훈련과 전혀 다르고 특히 첫 사냥의 압박감은 숨을 턱턱 막히게 한다.

정신이 몸을 지배하는 게 불변의 진리이고 보면 하등급의 형태변환자조차 저들에게는 가장 무서운 세해귀가 될 게 자명하다.

짜증이 나서 따로 보내기는 하지만 저들이 죽는 걸 바라는 건 아니다.

'기본 실력은 있는 것 같으니 형태변환자 한두 마리에 죽

지는 않겠지.'

오희련은 수련생들 걱정은 접고 세해귀 사냥에 집중하기로 했다.

전면의 왼쪽 건물로는 제갈민과 소희진이 들어갔고 중앙 건물의 대청으로 황보욱과 남혜령이 올라갔다. 우측은 당자계와 모용한영이 맡았다.

여섯 명이 건물 안으로 사라질 때까지 장원은 변치 않는 적막을 유지하고 있었다.

'기분 나쁜 곳이군.'

비단 형태변환자가 있는 곳이어서가 아니라 술법사로서의 본능을 거스르는 뭔가가 존재했다.

그녀는 세 건물 뒤쪽으로 걸음을 옮겼다. 사냥을 빨리 끝내면 해질녘쯤 지부로 돌아갈 수 있을 줄 알았는데 벌써 그림자가 길어지는 것으로 보아 오늘은 밤이슬을 맞아야 할 것 같았다.

세 채의 건물 뒤쪽으로는 자그마한 연못을 가진 뜰을 사이에 두고 두 채의 건물이 자리해 있었다.

기와의 끝이 하늘로 치솟게 멋을 낸 건물들은, 햇빛을 받아 반짝이는 새집임에도 불구하고 백 년 된 폐가 같은 기분을 느끼게 만들었다.

연못의 가장자리에 선 오희련은 맞은편 건물을 눈여겨보

았다. 바람 한 점 불지 않아 나무조차 흔들림이 없어 주변은 한 폭의 그림 같았다.

잉어 한 마리 살지 않는 이상한 연못을 힐끗 본 그녀는 고개를 뒤로 돌렸다. 건물 안으로 들어간 여섯 명이 나올 때가 되었는데 아무도 모습을 드러내지 않았다.

너무 긴장해서 움직임이 느려진 모양이다.

'신입들이란.'

조금 더 기다리자니 슬슬 짜증이 났다. 그렇다고 목청 높여서 수련생들을 부를 수도 없었다.

오희련은 결국 가장 가까이 있는 중앙의 건물로 향했다. 그녀가 있는 쪽에서는 딱히 출입문이 없어서 뜰로 난 창문을 넘어서 안으로 들어갔다.

밖과는 다르게 건물 안으로 들어가자 서늘한 기운이 엄습했다. 커다란 창문으로 햇빛이 들어오는데도 건물 안은 초저녁의 어둠을 품고 있었다.

창문을 따라 복도가 이어졌고 하얀색 창호지를 바른 방문이 길게 늘어선, 그리 특이할 것 없는 구조의 건물이었다.

"어이! 어디 있어?"

그녀는 억누른 목소리로 수련생들을 불렀다. 하지만 이명을 만들 것 같은 고요함뿐 그녀의 목소리조차 되돌아오지 않았다.

복도를 지나며 방문을 모두 열어봤지만 이 건물로 들어간 황보욱과 남혜령의 모습은 찾을 수 없었다.

뭔가 잘못되었다는 경고가 딱따구리가 나무를 쪼는 것처럼 뒤통수를 때렸다.

중앙의 건물을 샅샅이 뒤진 오희련은 이어서 왼쪽의 건물로 옮겨 갔다. 하지만 그곳에도 수련생들은 보이지 않았다. 마지막 오른쪽 건물 또한 텅 빈 공허함만 그녀에게 던져 놓았다.

건물로 들어갔던 여섯 명의 수련생이 감쪽같이 사라져 버렸다.

오희련은 비로소 오늘의 외출이 형태변환자 한두 마리의 사냥이 다가 아니라는 걸 깨달았다.

지부에서 실수를 했을 수도, 아니면 그들을 노린 함정일 수도 있다. 둘 중 어떤 것이든 이곳은 그들에게 세상에서 가장 위험한 장소일지도 모른다.

그녀는 절대 깨질 것 같지 않은 적막의 벽을 앞에 두고 결정을 내려야 한다. 동물의 본능이라면 위험을 느끼는 순간 빠져나가야 하지만 본능대로 움직일 수는 없었다.

오희련에게는 누가 지워주지는 않았으나 자신이 짊어져야 할 여섯 명의 수련생이 있었다. 그들을 버리고 혼자 도망칠 수는 없는 노릇이다.

"제갈민! 황보욱! 소희진!"

그녀는 여섯 명의 이름을 목청껏 불렀다. 이곳이 어떤 곳이든 수련생들이 사라진 이상 큰소리를 친다고 더 위험해질 건 없었다.

지금 가장 시급한 것은 수련생들의 행방을 찾는 것이다. 실낱같은 기대는 자신의 목소리만 옅게 돌아오자 실망으로 바뀌었다.

"누구냐! 당장 모습을 드러내!"

분노를 담아 외치려고 했으나 자신이 듣기에도 두려움만 가득했다.

오희련은 제자리에서 천천히 돌며 사방을 살폈다. 언제든 날릴 수 있도록 준비를 한 여섯 장의 부적이 양손에 들려 있었다.

"불청객이 주인에게 큰소리를 치면 실례지."

뒤에서 들린 소리에 화들짝 놀란 그녀는 재빨리 돌아섰다. 윤기 나는 검은 수염을 기른 중년인은 연못 건너편에 자리한 두 채의 건물 중 왼쪽 건물에서 나타났다.

하얀색 옷에 청색 두루마기를 걸친 중년인은 평생 책상 앞에서만 산 것 같은 인상을 풍겼다.

"정체가 뭐냐?"

중년인은 혀를 끌끌 찼다.

"쯧쯧… 예의가 없는 아가씨로군."

성질도 급하고 지금은 마음까지 급한 오희련은 득달같이 부적을 날렸다.

"화령화인(化靈化因)! 병(炳)!"

허공을 격한 부적은 중년인의 다섯 자 앞에서 폭발했다. 상처를 주기 위한 것이 아니라 상대의 정체를 밝히는 부적이었다. 중년인은 손으로 얼굴을 막으며 인상을 찌푸렸다.

"다루기 곤란한 여자군."

오희련은 중년인이 형태변환자여서 어떤 짐승으로든 변할 줄 알았는데, 다시 뒷짐을 진 중년인은 인간의 모습 그대로였다.

"사람… 이네?"

입꼬리를 살짝 올려 웃음을 머금은 중년인이 돌아섰다.

"거기 그대로 있어!"

하지만 그녀의 외침은 깨끗하게 무시당했고, 중년인은 대청의 그늘 너머로 모습을 감춰 버렸다.

연못을 훌쩍 뛰어넘은 오희련은 중년인이 서 있던 대청으로 올라갔다. 거기까지 단숨에 도착했지만 저녁 같은 어둠이 드리운 안쪽으로는 쉽게 발을 옮길 수 없었다.

비록 햇병아리지만 여섯 명이 소리 없이 사라졌다. 그러니 그녀의 실력으로 이 난관을 극복할 수 있다고 자신할 수 있는 상황이 아니었다.

　오희련은 최대한 조심스럽게 대청을 가로질렀다. 정면에는 소의 머리에 인간의 몸을 한 일 장 높이의 조각상이 자리했고, 양쪽으로는 복도가 그 끝을 어둠에 숨긴 채 길게 나 있었다.

　갈림길에서 잠시 망설인 그녀는 왼쪽으로 방향을 잡았다. 어차피 어디로 가든 운에 맡기는 걸음이었다.

　꿈속에서 짙은 안개에 싸여 목적도 없이 방황하는 악몽을 꾸는 것 같았다. 적의 숫자가 몇인지 얼마나 강한지도 모른다. 현재 확실한 것은 수련생들을 구해 이곳을 빠져나가야 한다는 그 단 한 가지뿐이다.

　그래서 오희련은 다시 한 번 수련생들의 이름을 소리쳤다. 좁은 공간은 그녀의 목소리를 여러 개로 되돌려 주었지만 기대했던 수련생들의 목소리는 들려오지 않았다.

　긴장한 탓에 근육은 뻣뻣해지고 이마에서 흐른 식은땀이 뺨을 거쳐 턱을 타고 흘러내렸다.

　손등으로 땀을 훔친 그녀는 어둠이 짙게 드리운 복도를 향해 천천히 걸음을 옮겼다.

　'오라버니가 있었으면…….'

　밤의 침대 외에서는 필요 없다고 생각했는데 이 순간은 절로 도무진이 떠올랐다. 그리고 또 하나 생각난 이름에 오희련은 '개자식'이란 욕설을 낮게 뱉어냈다.

어딜 간다는 말조차 남기지 않고 사라져 버린 남궁벽을 향한 것이었다. 살가운 사이는 아니라 해도 수차례 생사의 고비를 넘긴 동료로서 최소한 언제 돌아온다는 기약 정도는 남겨 둬야 했다.

위험의 한가운데 자리하자 비로소 함께할 사람이 절실하게 필요해졌다. 그러나 그저 그녀의 바람일 뿐, 구원의 손길은 너무 먼 곳에 있었다.

오희련은 애써 마음을 추스르며 어금니를 물었다. 그녀는 결코 약한 존재가 아니다. 근원은 알 수 없으나 그녀에게는 숨겨진 힘이 있었다.

목숨이 경각에 달했을 때 튀어나오는 그 힘. 명확하지도 않는 것에 목숨을 걸어야 하는 게 마음에 들지 않았지만 지금 믿을 건 그것밖에 없었다.

어느새 달빛 없는 자정처럼 어두워진 복도는 길었다. 어둠에 익숙해진 시야임에도 양쪽의 창호지가 발라진 하얀 문과 한 자 앞의 희미한 공간만 보일 뿐이었다.

쉬지 않고 복도를 걸어가던 오희련은 문득 '너무 긴데?'라는 생각이 들었다.

복도를 들어선 지 족히 일각은 된 것 같았다. 아니, 어쩌면 더 되었는지도 모른다. 언제부터인가 시공간에 대한 감각이 사라져 버렸다.

그녀는 뒤늦게 술법의 공간에 있다는 걸 깨달았다.

"젠장! 그 자식, 별걸 다 하는군."

허리에 맨 작은 가방에서 주섬주섬 부적을 꺼냈다. 술법을 깨뜨리는 반술법의 부적을 가져온 게 다행이었다.

"명왕혜왕(明王慧王) 선무령(選戊靈) 통(通)!"

검지와 중지 사이에 낀 부적을 높이 들자 퍽! 소리와 함께 부적이 먼지처럼 분해되며 연기가 피어올랐다. 순간 눈앞에 하얀빛이 번쩍였다.

그것은 눈앞에서 폭죽이 터진 것 같은 눈부심이었다. 부적으로 인해 생긴 현상은 아니었다. 급히 눈을 감으며 고개를 돌리는데 현기증이 핑 돌았다.

중심을 잡아보려 했지만 몸이 무너지는 게 느껴졌다. 그리고 찾아온 암흑은 절망의 다른 이름이었다.

\*　　　\*　　　\*

[벽아… 벽아…….]

손가락 하나 까딱할 수 없을 정도로 빠져나간 힘처럼 생명도 그렇게 사라지는 줄 알았다. 그런데 수백 번을 부딪친 후 마지막 들린 메아리처럼 희미한 음성이 뇌리를 파고들었다.

남궁벽의 이름을 부르는 그 음성은 귀로 들리는 게 아니었다. 그의 머릿속에 입을 집어넣고 속삭이는 것 같았다.

"어머니……."

낮게 뱉어낸 후에야 그 음성이 어머니의 것임을 알아챘다.

[마지막 기억과는 다르구나. 세월이 많이 흐른 모양이지?]

대답할 힘조차 없어 남궁벽은 그저 마른침을 삼켰다. 여전히 그의 목에 송곳니를 박고 있는 어머니의 음성이 다시 들렸다.

[시간이 그리 많지 않구나. 그러니 묻겠다. 네 아버지와 형이 그토록 원하는 흡혈귀의 힘을 가지고 싶으냐?]

'전 단지 어머니가 필요할 뿐이에요.'

간절한 생각은 그러나 말이 되어 나오지 못했다.

[저들은 모른다. 내가 가진 힘이 얼마나 강한지. 그리고 내가 주고 싶어야만 비로소 가질 수 있다는 것을.]

'그럼 그냥 줘버리지. 왜 그리 오랜 세월을 고통 속에서 보내셨어요?'

입 밖으로 뱉을 수는 없지만 어머니는 그의 생각을 읽을 수 있을 것만 같았다.

[저들이 날 고치기 위해서 먹였던 약과 내 힘을 취하기 위해 행했던 대법이 날 세상에서 가장 특별한 흡혈귀로 만들어버렸지. 오직 힘과 권력에만 눈이 먼 자들에게는 나의 특별함

을 가질 자격이 없다.]

'그래서 어쩌시려고요?'

[네가 원하면 내 힘을 주겠다.]

남궁벽은 강해지기를 원했다. 지부를 떠난 것도 도무진에 대한 열등감 때문이니 강해지는 건 지금 그가 가장 원하고 또 필요한 것이다.

하지만 흡혈귀의 힘이라니! 그것도 어머니에게서 나온 힘이라면 단순히 강해진다는 것 이상의 의미를 지닌다.

'제게 그 힘을 넘기시려고 하는 건 아버님과 형에 대한 미움 때문인가요?'

[내가… 마음 편히 쉬고 싶기 때문이다. 조강지처와 어미를 버리면서까지 욕망을 얻으려는 세해귀만도 못한 자들에게 내 힘을 주고 어찌 내가 편히 쉴 수 있겠느냐?]

어머니의 음성에는 인생의 고단한 여정의 막바지에서 마지막 몇 걸음을 남겨놓은 늙은이의 힘겨움이 느껴졌다.

남궁벽은 거부할 수 없는 일임을 알았기에 오래 고민하지 않았다.

'좋아요. 어머니가 편히 쉬실 수 있다면……'

[부작용이 있을지도 모른다.]

'어떤……?'

[모든 게 처음이니 모르지. 하지만 극복할 수 있을 것이다.]

'제가 흡혈귀가 될 수도 있나요?'

[그렇지는 않겠지. 그런 일이 일어나서는 안 되지.]

어머니의 목소리에는 왠지 자신이 없었다.

'제가 뭘 해야 하나요?'

[그냥 있으면 된다. 조금 아플 것이다.]

각오한 고통의 파도는 쉬이 남궁벽을 덮치지 않았다. 대신 어머니의 목소리가 이어졌다.

[네가 여섯 살 때 했던 약속을 기억하니?]

무림에서 가장 뛰어난 협객이 되겠어요. 남궁벽은 그렇게 호언장담했었다.

치기 어린 큰소리였고 세월에 덧칠해져 잊혔던 약속이다.

'네.'

[절대 네 아버지와 형처럼 되어서는 안 된다.]

그리고 덮쳐 왔다. 그 표현이 정확했다. 십 장 높이의 파도가 나룻배를 삼키듯, 태산이 무너져 초가를 무너뜨리듯, 막대한 힘을 실은 고통은 목을 통해 전해졌다.

아아아악!

그저 상상 속에서의 비명일 뿐 남궁벽은 입만 쩍 벌렸다. 그렇게 몸이 먼지 같은 낱알로 분해되는 것 같았다.

\*　　　\*　　　\*

누군가 자신의 이름을 부르는 것 같은데 물속에서 듣는 것처럼 희미했다. 천근만근 무거운 몸은 눈꺼풀을 밀어 올리는 것도 귀찮았다.

'귀찮게 부르지 좀 마.'

짜증을 내려는데 문득 마지막 순간이 떠올랐다. 오희련은 침에 찔린 개구리처럼 화들짝 놀라 정신을 차렸다.

"정신이 드세요?"

뻔한 질문을 던지는 남혜령이 가장 먼저 보였고 그 주변으로 다섯 명이 옹기종기 모여 그녀를 주시하고 있었다.

"여긴 어디지?"

"지하실 같은데… 저희도 모르죠."

황보욱이 예의 그 뚱한 표정과 말투로 대답했다. 확실히 지상과는 다른 텁텁함과 습기 가득한 대기가 느껴졌다.

눈에 들어오는 주변은 워낙 어두워서 그리 많은 것을 알려주지는 않았다. 고작해야 붉은 벽돌로 만들어진 벽의 한쪽 면만 겨우 보일 뿐이었다.

그녀는 서둘러 자신의 상태를 살폈다. 머리도 멀쩡했고 달리 상한 곳도 없었다. 부적이 든 가방도 옆구리에 그대로 매달려 있었다. 보아하니 수련생들도 멀쩡한 것 같았다.

그녀가 품에서 화섭자를 꺼내 막 불을 켜려 한 때였다. 갑자기 눈이 부실 정도로 환한 빛이 밝혀졌다.

"좀 더 강한 녀석들이 올 줄 알았는데 실망이군."

게슴츠레 눈을 뜨고 목소리가 들린 쪽으로 시선을 돌리자 예의 그 중년인이 보였다.

그들이 있는 곳은 족히 백 평은 될 정도로 넓은 공간이었다. 삼면이 모두 붉은색 벽이었고 중년인이 서 있는 뒤쪽의 벽은 검은 천으로 덮여 있었다.

"귀인문 사람이냐?"

"귀인문? 후후후… 어딘가에 속하려는 자들의 본성은 나약함이지."

"귀인문이 아니면 왜 우릴 함정에 빠뜨린 것이냐?"

"만민수호문의 전사들만큼 좋은 시험 대상도 없으니까."

불길한 말만 골라서 하는 중년인이다. 그녀는 허리춤에서 부적을 꺼내며 말했다.

"시험 대상을 잘못 골랐다는 걸 곧 알게 되겠지."

확신은 아니다. 웬만큼 자신 있는 자가 아니면 이런 짓을 벌이지도 않았을 테고, 잠깐 겪어본 중년인은 그녀가 알고 있는 어떤 술법사보다 강했다. 거기에 이상하기까지 하다. 느껴지는 기운이 여타의 술법과는 뭔가 달랐다.

하지만 이 상황에서 두려움의 외투까지 입어버리면 싸워보지도 못하고 바람 빠진 돼지 방광처럼 찌그러져 버릴 것이다.

그녀는 혼자가 아니었고 다행히 수련생들도 투지는 가지고 있었다. 그들은 저마다 무기를 뽑고 부적을 꺼냈다.

"싸우는 건 좋아. 하지만 상대는 내가 아니다."

중년인은 팔을 위로 들어 올렸다. 그러자 뒤에 덮여 있던 검은 천 중 중앙의 일부가 툭 떨어져서 공간을 드러냈다. 천 뒤에는 철창이 가로막힌 공간이 있었는데, 특이한 건 철창이었다.

오희련의 허벅지 둘레와 비슷한 두꺼운 철창은 본 적이 없었다. '짐승을 가둬놓는 우리 같군'이라는 생각을 했고, 그 생각이 끝나자마자 두 개의 붉은빛이 드러났다.

보는 순간 횃불이라고 착각한 것은 그 밝기와 크기 때문이었는데 곧 자신이 틀렸다는 걸 알았다. 일렁임이 없이 일정한 간격으로 다가온 그것은 나머지 실체도 드러냈다.

"저… 저게 뭐야?"

수련생들이 이구동성으로 경악 어린 외침을 토해낼 만했다. '그것'은 거대했다. 어둠 속에서 반짝이는 눈을 횃불로 착각할 만큼 커서 키가 일 장이 넘을 것 같았고 털은 눈빛과 같은 붉은색이었다. 열기가 느껴졌다면 그것이 불타고 있다고 믿었을 것이다.

강렬한 색깔과 거대한 크기를 빼면 그것의 모습은 늑대인간 인랑이었다. 거대한 인랑은 신체에서 유일하게 다른 색깔인 이빨을 드러내며 낮은 으르렁거림을 토해냈다.

돌과 쇠를 마찰해서 나는 소리 같은 목젖의 울림은 온몸의 솜털을 곤두서게 할 만큼 기괴했다.

"기대했던 반응이군. 어떠냐, 내 창조물이?"

중년인은 생일 선물을 친구들에게 자랑하는 어린아이처럼 흡족한 표정이었다.

"저게… 당신이 만든 거라고?"

"뭐, 세해귀라는 게 원래부터 있었으니 완전한 창조는 아니지만, 고작 삼 등급짜리 인랑을 저 정도로 강하게 키워놓았으니 탈태환골과 같은 것이겠지."

"어떻게 저런 게 가능하지?"

"흐흐흐… 내 흑술법의 필생의 역작이니라."

"당신이 흑술법사라고?"

흔히 술법을 쓰는 사람을 술법사, 혹은 술사라고 부른다. 천하 음양의 기운을 흡수하고 조합해서 술법을 펼치는 술법사와는 달리 흑술법사는 철저하게 음의 기운만 파고들어 집중을 한다.

하지만 흑술법사는 그 존재 자체가 귀할 수밖에 없는 게, 남녀를 불문하고 음양의 기운을 고루 가지는 것이 자연의 법칙이다.

양에 속하는 남성도 음의 기운을 품고 있고, 음에 속하는 여성 또한 양의 기운은 어느 정도 존재하는 것이다.

그래서 한쪽으로만 치우친 술법을 익히게 되면 몸이 견디지 못해 무공의 주화입마와 같은 현상이 생기게 되어 필히 목숨을 잃게 된다.

물론 그것은 일반적인 범주의 술법이고 기괴한 세상에 언제나 예외란 있는 법. 아주 드물게 음 또는 양의 기운만 가지고 태어나는 사람이 있다.

그 사람들 중 음의 기운을 가지고 태어난 사람만이 흑술법사가 될 수 있는데, 그런 사람이 귀할뿐더러 술법사가 될 가능성은 더욱 낮아 오희련도 이론적으로만 알고 있을 뿐 실재한다는 얘기는 들은 적이 없었다.

"놀랐느냐? 하긴 그렇겠지. 나처럼 축복받은 사람을 만나기란 쉬운 일이 아닐 테니까."

"축복은 개뿔. 절름발이지."

의기양양했던 중년인의 얼굴이 와락 구겨졌다. 인상을 쓰자 서생 같던 얼굴에 악독한 기운이 피부를 따갑게 할 정도로 풍겼다.

"네가 도저히 도달할 수 없는 경지에 이른 나를 절름발이라고?"

"하지만 난 최고가 될 가능성이 열려 있지. 넌 천재라도 되는 것처럼 빨리 익힐 수는 있지만 도저히 최고는 될 수 없어.

그게 흑술법사의 한계야. 너도 알고 있을 테고. 그래서⋯⋯."

오희련은 철창을 잡고 으르렁거리는 인랑을 가리켰다.

"저런 괴물 따위나 만든 거잖아?"

"네⋯ 네가 진정 죽음을 느껴봐야 그 요망한 주둥이를 닥치겠구나!"

남혜령이 불안한 표정으로 오희련의 옷자락을 잡아당겼다.

"언니, 저 사람을 너무 화나게 하지 마요."

오희련은 쓰게 웃었다.

"고분고분한다고 우리를 그냥 놔둘 것 같아? 어차피 저자에게 우린 저 괴물이 얼마나 강한지 시험하기 위한 도구일 뿐이야."

"흐흐흐⋯ 네 처지를 제대로 알고 있구나. 서론은 이만 끝내고 본론으로 들어가 볼까?"

중년인이 팔을 들었다. 그러자 철창이 위로 올라가며 쇠와 돌의 마찰음이 울렸다.

늑대처럼 납작 엎드린 인랑은 철창이 올라가기만을 기다렸다. 그리고 머리가 나올 정도의 공간이 생기자 서둘러 우리에서 벗어났다.

그들에게 다가오는 인랑은 우리 안에 있을 때보다 더 거대하게 보였다. 이빨을 타고 떨어지는 끈끈한 침이 곧 보게 될 그들의 피 같았다.

"내 창조물을 이기면 너희를 곱게 보내주지."

중년인은 그 말을 남기고 구석으로 자리를 옮겼다.

크르르르……

낮은 소리를 토해낸 인랑이 왼쪽 오른쪽으로 고개를 비틀며 그들과의 거리를 좁혔다.

"겁낼 것 없어! 커봤자 인랑일 뿐이야! 양명지정 화!"

오희련은 손가락 사이에 낀 부적 두 장을 한꺼번에 날렸다. 시위를 떠난 화살보다 빠른 부적은 삼 장 거리를 격하고 인랑의 머리에 정통으로 맞았다.

퍽! 하는 소리와 함께 불꽃이 일었다. 웬만한 인랑은 화의 술법에 길길이 날뛰며 불타오르지만 거대한 녀석은 웬만하지 않았다.

그저 움찔했고 부적은 맞은 자리의 털 몇 가닥이 그을렸을 뿐이다. 부적의 효과라고는 인랑을 화나게 한 것밖에 없었다.

입을 쩍 벌리며 귀가 멍할 정도로 소리를 토해낸 인랑이 땅을 박찼다.

"공격해!"

오희련의 말이 떨어지기 무섭게 무사들은 일제히 인랑을 향해 몸을 날렸다.

허공에 뜬 그들 옆으로 술법사들이 날린 부적이 스쳐 지나갔다.

"변일후재(邊鎰厚材), 천지압고(天地壓拷)!"

"동강화양(東岡化陽), 천불인서(天弗因瑞)!"

"구룡귀동 빙!"

각자 다른 주문의 다른 부적들은 일제히 인랑을 때렸다. 폭죽처럼 폭발하거나, 먼지로 만든 듯 부서지고 강철이라도 되는 양 빳빳하게 모양의 변화가 없는 부적도 있었다.

단 하나의 부적도 빗나가지 않고 거의 동시에 적중했지만, 맞는 순간 오희련은 허탈함을 느꼈다.

어느 것 하나 인랑을 쓰러뜨리기는커녕 물러서게조차 하지 못했다.

그저 움찔한 게 다였다. 수련생들의 부적술이 형편없어서가 아니다. 저 거대한 불길 같은 인랑이 강해도 너무 강했다. 비단 술법에만 강한 것이 아니었다.

인랑은 굳이 피할 생각도 하지 않고 무사들의 검을 몸으로 받았다. 머리에 두 개, 왼쪽 어깨에 하나. 하지만 검은 살이 베어지는 특유의 소리를 만들어내지 못했다.

나뭇가지로 수면을 때리는 둔탁한 소리는 그들 일곱 명을 절망의 구렁텅이로 밀어 넣는 손길이었다.

"조심해!"

오희련은 급한 외침을 토했다. 그저 우직하게 모든 공격을 받은 인랑이 앞발을 휘두른 것이다.

검으로 살을 베지 못한 첫 경험을 한 무사들은 순간 당황했고, 그래서 모두가 기민한 움직임을 보이지는 못했다.

둔탁한 소리와 함께 황보욱이 발에 맞고 훌훌 날아갔다. 이 장을 날아간 황보욱은 벽에 거칠게 부딪친 후 바닥을 뒹굴었다.

"욱아!"

남혜령이 혼비백산 뛰어갔다. 재빨리 물러선 제갈민과 모용한영이 오희련을 돌아봤다.

'어떻게 해야 하죠?'라는 물음을 담긴 눈빛에 그녀가 내줄 수 있는 답이 없었다. 오희련도 저런 괴물 같은 인랑은 처음이었다. 도무진을 처음 만났던 그 동굴에서 염화견과 싸웠을 때 느꼈던 절망감이 다시 엄습했다.

그때보다 더 안 좋은 건 함께 싸우는 동료는 미숙했고 도망이라도 칠 수 있는 길 또한 없다는 것이다.

인랑에게 맞은 황보욱은 급하게 일어서려다 입에서 피를 토하며 다시 주저앉았다. 상태가 좋아 보이지 않았다.

"젠장!"

그녀의 욕설 뒤로 중년인의 득의만만한 음성이 뒤따랐다.

"내 창조물을 시험하기에 너희는 너무 약하구나. 하긴, 만민수호문의 겉만 번드르르한 놈들이 다 그렇지."

오희련은 중년인의 말에 대꾸하는 대신 부적을 다시 들었다. 지금 할 수 있는 건 싸우는 것뿐이고, 가장 바랄 건 자신이 가진 미지의 힘이 발현되는 그 하나밖에 없었다.

"모두 정신 차리고 버텨!"

그녀는 인랑을 향해 몸을 날리며 부적을 던졌다.

"오진선수오진원 섭!"

빠르지 않은 부적이 두 발로 서서 다가오는 인랑의 가슴에 부딪쳤다.

쿵!

바위가 떨어진 것 같은 소리가 울리더니 인랑이 주춤 한 발 물러섰다. 뱃속 깊숙한 곳에서 나는 소리를 뱉은 인랑이 네 발로 땅을 밟았다.

충격을 주지는 못하고 성질만 돋워놓은 모양이다.

"내 창조물에는 감술법(減術法)이 시술되어 있다. 네가 펼치는 허접한 술법 따위는 통하지 않아."

중년 사내의 말이 아프게 다가왔지만, 할 수 있는 유일한 것인 싸움을 멈출 수는 없었다.

"수신수호 육갑음신 파!"

그녀가 부적을 날리자 이어서 세 개의 부적이 뒤를 따라붙었다. 요란한 소리가 났고 자욱한 연기도 피어올랐으나 부적은 그야말로 바위에 던지는 계란이었다.

물방울이 바위를 뚫는 건 오랜 시간 덕분인데, 그들에게는 그리 많은 시간이 주어지지 않았다.

목이 터져라 주문을 외우고 팔이 빠져라 부적을 날려도 그들을 놀리는 것처럼 느리게 다가오는 인랑의 발길을 막지 못했다.

철벽인 줄 알면서도 검을 휘두르는 제갈민과 모용한영 또한 절망의 올가미에 걸린 몸부림일 뿐이다.

감당할 수 없는 세해귀와의 싸움에서 일어나는 현상대로 전투는 그렇게 흘러갔다.

가장 먼저 황보욱이 당했고 두 번째도 무사인 모용한영이 발톱에 옆구리가 찢겼다.

허공에서 핑그르르 돌아 바닥에 떨어지는 그녀를 향해 인랑의 거대한 아가리가 덮쳤다.

"이놈!"

제갈민은 안 되는 줄 알면서도 검을 높이 쳐들고 뛰어올랐다. 그가 모용한영을 향한 인랑의 정수리를 향해 막 검을 내려치려 할 때 인랑의 주둥이 방향이 갑자기 바뀌었다.

그들을 향해 다가올 때는 느렸지만 마음먹고 움직일 때면 어떤 고수의 동작보다 빨랐다.

그래서 제갈민은 마치 스스로 인랑의 입속으로 뛰어드는 것 같은 형국이 되었다.

깜짝 놀란 오희련이 부적을 날리려 했다. 하지만 주문을 채 완성하기도 전에 인랑의 그 큰 입이 제갈민의 허리를 물었다.

"으아아악!"

처절하게 긴 비명이다. 피가 물총을 쏘는 것처럼 사방으로 퍼지고 내장은 인랑의 주둥이 가장자리로 나와 덜렁거렸다.

으드득!

뼈가 부서지는 소리는 모두의 어금니를 절로 깨물게 만들었다. 오희련은 뒤늦게 부적을 날렸으나 제갈민이 산산이 부서져 인랑의 입속으로 들어가는 걸 막지는 못했다.

뚝! 뚝!

인랑의 입을 타고 떨어진 피가 바닥에 홍건하게 고인 핏물 위로 떨어졌다.

그 끔찍한 모습에 오희련은 인상을 찌푸렸지만 소희진과 황보욱은 토악질을 했다. 그나마 두 사람은 양호한 편이었다.

남혜령은 그 자리에 털썩 쓰러져 정신을 잃어버렸다. 가장 가까운 곳에서 그 일은 겪은 모용한영 또한 멍한 시선으로 움직이지 못했다.

"빨리 피해!"

오희련의 외침에도 모용한영은 엉덩이를 바닥에 댄 채 우두커니 앉아 있었다. 수련생들에게 처음 이곳으로 올 때의 호기로움은 봄날 아지랑이보다 빨리 사라졌다.

넋을 놓고 있는 모용한영을 인랑이 덮쳤다. 이미 대비를 하고 있었기 때문에 이번에는 오희련의 반응이 빨랐다.

"여의송물(如意送物) 동(動)!"

빠르게 날아간 부적이 모용한영에게 부딪치자 모용한영은 바닥에 주저앉은 채 미끄러졌다. 간발의 차로 그녀가 있던 자리에 인랑의 주둥이가 부딪쳤다.

밀려서 벽에 부딪치고 나서야 화들짝 정신을 차린 모용한영이 일어섰다. 그녀의 옆구리에서 피가 보였지만 그리 심한 출혈은 아니었다.

"포기하지 마! 만민수호문의 문도는 죽기 전에는 절대 포기하지 않는다!"

만약 살아남는다면 자신이 이런 말을 한 것이 낯 뜨거워 죽어버릴지도 모른다. 어쨌든 지금은 모두 힘을 합쳐서 버티는 수밖에 없었다.

'빌어먹을! 내 힘은 대체 언제 나오는 거야!'

마음대로 쓸 수 없는 힘은 조바심만 나게 만들어서 지금은 없느니만 못한 꼴이 되어버렸다.

다시 싸움은 시작되었으나 싸움이라고 하기에는 너무 일방적이었다. 술법사들은 인랑을 피해 소용도 없는 부적을 날렸고 무사들은 피해를 입히지 못할 것을 알면서 검을 휘둘렀다.

"크윽!"

기어코 술법사인 당자계조차 인랑의 공격을 피하지 못했다. 발톱에 의해 길게 찢어진 등에서 튄 피가 채 땅에 떨어지기도 전에 주둥이가 당자계의 머리를 삼켰다.

예의 그 끔찍한 뼈 으스러지는 소리가 지하실을 울렸다. 오희련은 자신의 머리가 깨지는 것 같은 두통을 느꼈다.

"개새끼야!"

그녀는 부적을 날렸다. 연속해서 손을 떨쳤지만 인랑에게 날아가는 부적은 열 장에 하나도 되지 않았다.

주문과 법력이 맞지 않는 부적은 그저 손바닥만 한 종이일 뿐이다. 그런 그녀에게 인랑의 시선이 꽂혔다.

붉은 눈이 다음 목표가 오희련이라는 걸 말보다 확실하게 전해주었다.

"와! 와서 죽여봐!"

네 발로 서서 몸을 움츠린 인랑이 막 도약을 하려 할 때였다.

쿵!

육중한 소리와 함께 천장에서 먼지가 떨어졌다. 귀를 쫑긋 세운 인랑이 고개를 들어 위를 봤다. 다시 같은 소리가 들렸고 이번에는 먼지보다 굵은 부스러기가 눈발처럼 날렸다.

그리고 또 한 번의 울림과 동시에 천장 일부가 통째로 무너졌다. 오희련과 고작 일 장밖에 떨어지지 않은 곳이 내려앉은 탓에 자욱한 먼지를 뒤집어써야 했다.

그녀는 기침을 토하며 천장이 무너진 곳을 보았다. 급하게 일어난 먼지가 조금 옅어졌을 때 사람의 형상이 어렴풋이 나타났다. 얼굴을 확인하기에는 아직은 먼지가 짙었지만 그녀는 이미 나타난 자가 누군지 본능적으로 알 수 있었다.

"오라버니!"

먼지를 뚫고 도무진이 나타났다. 어깨에 걸친 검에서 피가 보이는 것으로 보아 이미 일전을 치른 모양이다.

"괜찮은 것 같군. 다행이다."

오희련은 도무진의 품에 달려들고 싶은 걸 참으며 말했다.

"난 괜찮지만 애들이……."

그녀의 시선은 시체도 없는 죽음의 흔적, 핏자국을 쫓았다. 도무진이 누군지 모르는 황보욱과 소희진, 모용한영은 어리둥절한 표정이었고, 남혜령은 여전히 실신한 상태였다.

"물러나 있어라. 빨리 끝내고 가자."

인랑은 터무니없이 강했다. 그럼에도 도무진의 말은 그렇게 될 것이라는 믿음을 갖게 만들어서 오희련은 고개를 끄덕였다.

"부상당한 한영이 부축해서 이쪽으로 와."

소희진에게 말한 오희련은 직접 남혜령을 안고 지하실 구석으로 갔다. 그녀를 쪼르르 따라온 황보욱이 물었다.

"저 사람은 누굽니까?"

오희련은 인랑과 마주 선 도무진을 봤다. 넓은 등은 키가 일 장이 넘는 인랑을 가리고도 남을 만큼 거대하게 보였다.

"그는… 내가 밤마다 데리고 자는 남자다."

"예?"

오희련이 뜨악한 표정을 짓는 수련생(특히 여자들)을 향해 짐짓 표독한 표정을 지으며 말했다.

"내 남자니까 넘볼 생각 하지 마."

황보욱이 예의 그 퉁명스러운 말투로 대꾸했다.

"그것도 살아서 갈 수 있을 때 얘기죠."

황보욱은 검은 천으로 가려진 벽을 가리켰다. 한 마리의 인랑이 나온 것만 휑하게 뚫려 이빨이 빠진 것 같았다.

"저 천들이 과연 멋으로 가려놓은 걸까요?"

인랑 한 마리도 감당할 수 없어서 미처 생각하지 못했던 부분이다. 황보욱의 불안은 현실이 될 가능성이 높았다.

"저 천 뒤에 모두 우리가 있다면 최소한 대여섯 마리의 인랑이 더 존재한다고 봐야죠."

"꼭 그렇게 비관적으로 볼 필요는 없잖아."

희망을 보고 싶은 소희진의 바람이었으나 오희련도 황보욱의 말이 타당하다는 걸 인정했다.

"많으면 일곱 마리나 되는 인랑을 저 사람 혼자 상대할 수 있을까요?"

황보욱의 물음에 오희련은 선뜻 그렇다고 대답할 수 없었다. 하지만 한 가지는 말해줄 수 있었다.

"그는 언제나 예상을 뛰어넘는 존재니까."

제12장
절연

　어머니는 죽었다. 잿빛이 되어, 심지어 그 이빨조차 먹구름
잔뜩 낀 하늘 같은 색으로 변했다.

　남궁벽은 만지면 재가 되어버릴 것 같아 차마 어머니의 얼
굴조차 쓰다듬지 못했다.

　계단이 있는 벽에 등을 기대고 쭈그려 앉은 남궁벽은 공허
한 시선으로 어머니를 올려다보고 있었다.

　급박하게 계단을 내려오는 발걸음 소리가 들렸다. 하지만
남궁벽의 시선은 여전히 어머니에게 고정되었다.

　"벽아! 거기 안에 있느냐?"

급하게 그를 찾는 남궁화명의 목소리가 들렸다. 입구를 지키고 있던 경비무사에게 그가 들어갔다는 말을 뒤늦게 들은 모양이다.

"벽……!"

계단을 돌아오던 남궁화명은 남궁벽을 발견하고 이름 부르는 걸 멈췄다.

"소문주님!"

백발이 성성한 노인은 잘게 떨리는 손가락으로 어머니를 가리켰다.

"주… 죽었습니다."

남궁화명은 주춤주춤 어머니에게 다가갔다. 축 늘어진 어머니를 보는 그 시선에는 놀라움뿐 슬픔 같은 건 보이지 않았다.

"어… 어떻게 된 것이오? 정말 흡혈귀가 죽었단 말이오?"

남궁벽은 갑자기 분노가 치솟았다.

"그분은 흡혈귀가 아니라 어머니야! 형과 나를 낳아준 어머니란 말이야!"

남궁화명은 남궁벽의 감정은 아랑곳하지 않았다. 성난 걸음으로 다가온 남궁화명이 남궁벽의 멱살을 거칠게 잡았다.

"대체 무슨 일이 있었던 거야? 말해!"

침을 튀기던 남궁화명의 시선이 남궁벽의 목에서 멈췄다.

남궁벽의 목에는 선명한 어머니의 송곳니 자국이 남아 있었다.

"뭐냐? 흡혈귀에게 물린 거냐?"

"그래, 형에게는 그저 흡혈귀겠지. 아버지에게도 그럴 것이고. 아니, 세상 모두에게 그렇겠지만 저분은… 저분은 내 어머니셨어."

"헛소리하지 말고 어떻게 된 건지 똑바로 얘기해! 흡혈귀가 널 문 거냐? 왜? 어떻게? 무슨 일이 있었냐고?"

남궁벽은 남궁화명의 손을 뿌리쳤다.

"어머니가 내게 힘을 모두 주셨어! 아버지와 형이 그토록 원하던 그 힘! 절대 두 사람처럼 되지 말라는 당부와 함께! 이제 됐어?"

돌아서 지하실을 나가려는 남궁벽의 어깨를 남궁화명이 잡았다.

"무슨 헛소리야! 어떻게 그런 일이……!"

남궁벽은 남궁화명의 팔을 뿌리치고 가슴을 밀쳤다. 그저 자신에게서 멀어지게 하려고 한 행동이었다. 그런데 남궁화명은 일 장이나 날아가 벽에 부딪친 후 거꾸러졌다.

날아간 남궁화명도 보고 있던 세 노인도 놀랐지만, 가장 놀란 사람은 남궁벽이었다. 특별히 내공이 늘어나거나 신체적인 힘이 세졌다는 느낌은 없었다. 평소와 똑같았고 단지 감정이 격앙되었을 뿐이다.

남궁화명이 일어서는 것을 본 남궁벽은 서둘러 계단을 밟았다. 뒤에서 남궁화명의 외침이 들렸다.

"잡아! 저놈 잡으라고!"

단숨에 계단을 뛰어올라가 창고를 나설 동안 남궁벽을 잡을 사람은 없었다. 세 노인은 능력이 안 되었고 문을 지키던 두 경비는 영문을 몰라 우왕좌왕했을 뿐이다.

그사이 남궁벽은 세가를 가로질러 달렸다. 딱히 어딜 가려는 게 아니라 지긋지긋한 이곳을 벗어나고 싶었다.

목표 없는 그의 발길은 서쪽으로 난 작은 문 앞에서 막혔다.

"멈추십시오!"

그의 앞을 가로막은 자는 백호당 당주 서운택과 수하 스물세 명이었다. 그냥 스쳐 봤을 뿐인데 남궁벽은 그 숫자를 정확히 헤아릴 수 있었다.

"날 막지 마라."

"수하된 자로서 어찌 가주님의 명을 거역하겠습니까?"

당장 공격을 하지 않았지만 언제든 그리할 수 있다는 듯 서운택의 손은 검에 가 있었다.

"막을 수 있으면 막아봐라."

남궁벽이 막 공격을 하려 할 때 쩌렁한 목소리가 울렸다.

"어딜 가려는 것이냐!"

언제나 그를 짓누르던 사람이다. 그저 말 한마디로 어깨를 처지게 하고 의지를 꺾던 세상의 단 한 사람. 치솟았던 격한 감정은 그 목소리를 듣는 것만으로 한겨울 처마 밑의 고드름처럼 차갑게 얼어붙었다.

남궁벽은 천천히 고개를 돌렸다. 하얀 털이 듬성듬성 보이는 수염을 목젖 바로 아래까지 기른 남궁설평이 다가오는 것이 보였다.

"아버님……."

언제나 그렇듯 남궁설평의 눈빛은 차가웠고 걸음에는 흐트러짐이 없었다.

거침없이 다가온 남궁설평은 엉거주춤 서 있는 남궁벽의 뺨을 때렸다. 아주 느리게 보였고 그래서 충분히 피할 수 있었는데 몸이 말을 듣지 않았다.

손바닥과 뺨이 부딪치는 소리가 유난히 크게 울려 주변 사람들의 어깨까지 움찔하게 만들었다.

"못난 놈!"

어릴 때부터 자주 듣던 질책이다. 남궁화명보다, 심지어 여동생인 남궁연수(南宮燕洙)보다 무공의 자질이 못해서 들었던 그 질책은 화인이 되어 남궁벽의 심장에 새겨졌다.

남궁세가를 떠나 만민수호문에 들어간 후 그래도 옅어졌

던 그 화인이 남궁설평의 음성과 한차례의 따귀로 화들짝 놀라 가슴을 뚫고 선명하게 나타났다.

"예나 지금이나 변한 게 하나도 없구나! 언제 철이 들어서 가문을 생각할 테냐!"

"하지만 아버님⋯⋯."

애써 변명을 하려 했지만 남궁설평은 그마저도 용납하지 않았다.

"시끄럽다! 잔말 말고 따라오너라!"

축 처진 어깨로 남궁설평의 그림자를 밟으려는데, 남궁설평의 한마디가 그의 걸음을 세웠다.

"지 어미처럼 나약한 놈."

멀어지는 남궁설평의 등에 남궁벽의 낮은 목소리가 부딪쳤다.

"약한 게 죄입니까?"

"뭐야?"

"그렇게 약하신 어머님을 그 오랜 세월 매달아 놓으셨던 겁니까?"

"네 어미는 오래전에 죽었다! 어찌 그걸 모른단 말이냐?"

"아니요! 어머님이 돌아가신 건 바로 오늘! 불과 반 시진도 되지 않았습니다!"

"그건 네 어미가 아니라 흡혈귀였느니라!"

"제 어머니가 아니었다면 왜 제게 당신의 힘을 주시면서 절대 아버님과 형처럼은 되지 말라는 당부를 하셨겠습니까!"

"이… 이놈이 그런데……!"

"네! 그리 말씀하셨습니다! 인간의 탈을 쓰고 세해귀보다 못한 사람들에게 자신의 힘을 줄 수 없다고! 분명 그리 말씀하셨습니다! 그런 분이 흡혈귀라고요? 악한 자들에게 힘을 주지 말아야 한다고 믿고 계신 분이 세해귀라고요? 그렇다면 차라리 전 세해귀가 되겠습니다! 조강지처와 자신을 낳아준 어머니를 매달아 실험하는 그런 인간들보다 차라리 흡혈귀가 훨씬 인간적이니 말입니다!"

빠른 걸음으로 다가온 남궁설평이 다시 팔을 휘둘렀다. 하지만 이번에는 몸이 즉각 반응했다.

턱!

잡힌 팔목과 잡은 손이 부르르 떨렸다.

"네놈이 감히!"

"제가 나약하다고 못마땅해하셨죠? 그럼 지금부터 흡족한 모습을 보여드리겠습니다."

남궁설평의 팔을 뿌리친 남궁벽은 가장 가까이 있는 문도에게 몸을 날려 검을 빼앗았다. 워낙 빠른 움직임 탓에 검을 빼앗긴 문도는 그저 몸을 움찔 떨었을 뿐이다.

남궁설평을 힐끗 본 남궁벽은 서운택과 백호당 소속 무사들을 향해 말했다.

"내 앞을 막는 자는 베겠다."

그가 걸어가자 서운택은 남궁설평을 봤다. 결정을 내려달라는 눈빛이었는데 서운택의 결정을 종용하는 목소리는 조금 더 먼 곳에서 들렸다.

"녀석을 막으시오!"

뒤늦게 쫓아온 남궁화명이었다. 남궁설평 또한 작게 고개를 끄덕였다. 그러자 서운택이 검을 빼 들었고 백호당 무사들 또한 움직였다.

그들이 든 검에 부딪친 햇빛이 하얀빛을 토해냈다. 예전의 남궁벽이라면 이런 상황까지 오지도 않았을 테고 감히 저들과 싸울 엄두도 내지 못했을 것이다.

하지만 지금의 남궁벽은 분노라는 감정의 극단을 치닫고 있었다. 남궁설평을 향해서도 검을 휘두를 수 있을 것 같은데 백호당이라면 말할 나위도 없었다.

땅을 박찬 남궁벽이 가장 가까이 있는 문도에게 다다르기까지는 채 일 묘가 걸리지 않았다. 그리고 망설임 없이 휘두른 검은 서른 초반의 이름 모를 문도의 가슴을 우에서 좌로 갈라놓았다.

긴 비명이 그 싸움의 시작을 알렸다.

　　　　　*　　　　*　　　　*

　퍽!

　도무진의 커다란 검은 인랑의 목을 때렸다. 보통 베어져야 하지만 거북이 등껍질보다 단단한 인랑의 피부는 검이 파고드는 걸 허락하지 않았다.

　하지만 도무진의 힘도 인랑의 피부만큼이나 놀라워서, 인랑은 이 장이나 저쪽으로 밀려나 나뒹굴었다.

　"저건 뭐야?"

　베어지지 않은 인랑이 놀라운 듯 도무진은 고개를 돌려 오희련에게 물었다. 오희련은 멀찌감치 있는 중년인을 가리키며 대답했다.

　"저자가 흑술법사인데 자기 창조물이래나 뭐라나."

　"별 해괴한 것을 만들었군. 때려죽이는 것도 나름 맛이지만 다친 사람도 있으니 빨리 끝내는 게 좋겠지."

　도무진의 검에서 검은 기운이 쭉 뻗어 나왔다. 그것을 본 황보욱과 모용한영이 비명 같은 외침을 뱉어냈다.

　"검강!"

　이제 갓 스무 살밖에 되어 보이지 않는 자가 검강을 펼친다는 게 놀라웠고 그 색깔이 검다는 데 경악할 수밖에 없었다.

　"어떻게 검강이 검은색일 수가 있죠?"

"저이가 좀 특별하거든."

자세한 사정을 모르는 오희련이니 그 대답이 최선이었다.

크엉!

짐승의 분노를 드러낸 인랑이 도무진을 향해 달려들었다. 도무진도 인랑을 향해 몸을 날렸다.

둘의 거리는 빠르게 가까워졌고 그보다 훨씬 빠르게 흑검강을 품은 검이 허공을 갈랐다. 눈으로 확인하기 불가능할 정도의 속도였지만 쇠붙이가 살을 가르는 소리만은 똑똑히 들렸다.

서걱!

도무진과 인랑이 엇갈려서 떨어졌다. 거기에 다른 하나가 또 바닥으로 떨어졌다. 바닥을 서너 바퀴 구른 그것은 여전히 붉은색 털을 빳빳하게 세운 인랑의 머리였다.

뒤늦게 피가 뿜어져 나오면서 머리를 잃은 육체가 도끼에 베어진 나무처럼 쓰러졌다. 커다란 덩치만큼이나 어마어마한 양의 피가 콸콸 쏟아져 바닥을 적셨다.

보통의 피보다 훨씬 끈끈하고 검은색에 가까운 피는 도무진의 신발을 타고 느리게 퍼져 나갔다. 피를 피할 생각이 없는 도무진은 그 자리에 서서 중년인을 봤다.

"믿는 구석이 저 덩치 큰 녀석 하나만은 아니겠지?"

자신의 창조물이 단 일격에 머리가 잘린 게 충격인 듯 머리

잘린 시체를 응시하던 중년인이 퍼뜩 정신을 차렸다.

"넌 누구냐? 너만 한 나이에 그토록 강한 검강을 펼칠 수 있는 자가 존재한다는 소문은 들은 적이 없는데. 더구나 검은색 검강이라니. 넌……."

"날 알려면 먼저 자신이 누군지 밝혀야지. 하긴, 곧 죽을 녀석을 궁금해할 필요는 없겠지."

중년인은 일그러졌던 표정을 빠르게 수습하고 입가에 비릿한 웃음까지 머금었다.

"큰소리칠 만큼 강하다는 건 인정해야겠군."

중년인이 팔을 올렸다. 그러자 한쪽 벽을 가리고 있는 검은 천이 모두 떨어져 바닥에 쌓였다. 예의 그 굵은 철창이 가로막힌 구멍이 나타났다.

"저런 놈 여섯 마리가 더 있다는 건가?"

도무진의 질문에 답하듯 붉은 눈동자 여섯 쌍이각각의 구멍에 나타났다.

"칼질 여섯 번이면 내 창조물을 모두 죽일 수 있다고 자신하겠지?"

도무진은 자신이 벤 인랑의 시체를 힐끗 봤다. 보통의 인랑이 죽으면 인간의 모습으로 돌아오는 반면 저 시체는 여전히 거대한 늑대의 모습 그대로 피를 흘려보내고 있었다.

"한 칼에 두 마리도 벨 수 있을 것 같은데?"

모용한영이 낮은 음성으로 오희련에게 물었다.

"저 사람은 누구죠?"

"마음에 들어?"

"아뇨, 그게 아니라 저 검강 말이에요. 검강을 처음 본 건 아니지만, 제가 아는 한 저렇게 강한 검강은 처음이라서."

"서두르지 마. 곧 알게 될 테니까."

사실 수련생들만큼이나 오희련도 놀랐다. 거대한 인랑은 검강을 펼친다고 벨 수 있는 세해귀가 아니었다.

검강을 시전하기 위해서는 무공이 병(柄)의 경지 후반에 이르러야 한다. 하지만 술법도 그렇듯 무공 또한 편의상 네 단계로 나뉠 뿐 같은 병의 경지라 하더라도 그 차이는 수십 배의 강함과 약함으로 나뉠 수 있었다.

방금 보인 도무진의 검강이라면 병의 끝자락에 걸쳐 승(昇)의 초입으로 넘어가는 단계 같았다.

'어떻게 저런 속도로 무공이 발전할 수 있는 거지?'

남궁벽의 열등감을 이해할 수 있을 정도로 놀라운 재능이었다. 어쩌면 흡혈귀이기에 가능한 건지도 모른다.

'그런데 그 녀석은 어디서 무얼 하고 있는 거야?'

상황과는 어울리지 않게 남궁벽에 대한 궁금증으로 생각이 넘어가는데 중년인의 목소리가 들렸다.

"너희 무공을 익힌 자들은 항상 가진 능력보다 과도한 자만심을 가지고 있지. 내 술법 하나면 약하고 약한 인간의 육체로 금방 돌아갈 수 있는데 말이야."

중년인이 가슴 앞에서 손을 동그랗게 회전시키자 손바닥에 부적이 나타났다.

"유비무환(有備無患). 이 얼마나 쓸모 있는 말인가."

중년인은 손바닥의 부적을 뒤쪽 벽 한 부분을 향해 날렸다.

쿵!

바닥이 흔들린 건 아니다. 그것은 그들이 있는 공간이 진동해 전달된 충격이었다.

"헉!"

황보욱과 모용한영의 입에서 바람 빠지는 소리가 들렸다.

"왜 그래? 무슨 일이야?"

안색이 창백해진 모영한영이 힘겹게 말을 뱉었다.

"내… 내공이 사라졌어요."

"내공이 사라져?"

황보욱이 대답했다.

"단전과 혈도의 통로를 뭔가 막은 것 같습니다."

내공을 잃은 그들은 평소보다 훨씬 약해 보였다. 스무 살 청년이 일흔 살 노인으로 갑자기 변하면, 세월이 흘러 일흔이 된 사람보다 더 약하게 보이는 것과 비슷한 것이었다.

그녀는 도무진의 상태를 확인했다. 검을 지팡이처럼 짚은 도무진의 상태도 그리 좋아 보이지 않았다.

"내공이 없어 검강을 펼칠 수 없는데도 내 창조물을 상대할 수 있을까?"

긴 숨을 뱉은 도무진이 숙였던 허리를 쭉 펴며 말했다.

"개새끼 죽이는 데 내공씩이나 필요할 것 같지는 않군. 그저 시간만 좀 더 걸릴 뿐이지."

"무공만큼이나 자신감도 충만한 놈이군. 그런 놈들은 염라대왕이 그리 좋아하지 않을 텐데. 가서 직접 겪어봐라."

중년인이 팔을 들자 철창이 올라갔다. 여섯 마리의 인랑이 납작 엎드린 채 빠져나갈 공간이 생기기만 기다리고 있었다.

"어쩌죠?"

소희진의 물음에 대한 대답은 하나일 수밖에 없었다.

"그를 믿어."

그리고 오희련은 웃음을 보였다. 하지만 우리를 빠져나온 여섯 마리의 인랑이 커다란 포효와 함께 도무진을 덮칠 때 그녀의 웃음은 거짓말처럼 사라졌다.

"조심해!"

비명 같은 그녀의 외침이 지하실 벽에 부딪쳤다. 그녀의 불안을 베어버리려는 듯 도무진의 검이 허공을 갈랐다.

퍽!

검과 인랑의 정수리가 부딪치는 소리는 둔탁했다. 수련생들의 검이 냈던 소리와 별반 다르지 않았다. 하지만 결과까지 같을 수는 없었다.

머리를 맞은 인랑은 그대로 패대기쳐졌다. 인랑의 턱이 닿은 바닥의 벽돌은 부서져 자잘한 조각이 오희련의 발치까지 떨어졌다.

거꾸러진 인랑의 머리를 밟고 도약한 도무진은 다음 인랑을 향해 검을 횡으로 휘둘렀다. 둔탁한 타격음과 함께 검에 맞은 인랑이 옆으로 밀려날 때 붉은색 발톱이 도무진의 등을 할퀴었다.

옷 찢어지는 소리가 유난히 크게 들렸다. 하얗게 갈라진 살이 잠깐 보이더니 피가 치솟았다. 도무진은 상처를 입은 순간 몸을 돌리며 검을 휘둘렀다.

검에 맞은 인랑이 밀려나자 그 자리를 다른 인랑이 채웠다. 바닥에 떨어진 도무진은 발을 휘두르는 인랑의 가랑이 사이로 빠져나가며 검으로 정강이를 때렸다.

베어야 마땅할 검은 지금 고작 몽둥이의 역할밖에 하지 못했다. 살이 많지 않은 부분이라 '딱!' 하는 소리가 울리고 고통에 겨운 인랑의 비명이 울렸다.

다시 일어나 인랑의 허리를 때린 도무진은 그 대가로 허벅지에 긴 발톱 자국을 남겨야 했다.

또 피가 튀는 것을 본 오희련은 고개를 돌려 버렸다. 도무진이 상처를 입는 모습을 보는 건 가슴이 아팠다. 오희련은 가슴이 아팠고, 수련생들이 아픈 건 희망이었다.

그들에게 도무진의 상처는 목숨을 구할 동아줄이 하나둘 끊어지는 것처럼 느껴졌다. 오희련은 그들의 일그러진 얼굴에서 도무진이 이길 수 없을 거라는 생각을 읽었다.

그래서 그녀는 애써 싸움의 한복판으로 눈길을 돌렸다. 수련생들의 생각이 틀렸다는 걸 눈으로 확인하고 싶었다.

한 마리 인랑의 머리에 올라타 검을 내려친 도무진이 발톱을 피해 허공으로 도약하는 게 보였다.

천장이 정수리에 스칠 정도로 높이 뛴 도무진은 아래에 있는 인랑의 정수리를 향해 검을 내려쳤다.

캥!

외양은 무시무시하지만 근본적으로 늑대인 인랑의 입에서 개의 그것과 비슷한 비명이 터졌다. 인랑이 거칠게 쓰러지자 지하실이 크게 흔들리며 먼지가 우수수 떨어졌다.

"크엉!"

요란한 소리를 내며 덮치는 인랑의 머리를 넘은 도무진은 녀석의 꼬리를 잡았다. 도무진이 몸을 활처럼 뒤로 젖힌 후 팔을 앞으로 뻗자 인랑이 공중으로 붕 떠올랐다.

허공을 반 바퀴 돈 인랑은 그대로 바닥에 패대기쳐졌다. 튀어 오르는 바닥 벽돌 사이에 인랑의 이빨 몇 개도 섞여 있었다.

모용한영은 날아오는 벽돌 조각을 막을 생각도 하지 못한 채 경악 어린 표정으로 도무진을 응시했다.

"어… 어떻게 저럴 수가! 내공이 없는데 어찌 저런 힘을 발휘할 수 있는 거지?"

그들의 상식으로는 이해가 가지 않는 광경이었다. 거기다 심각한 부상을 세 군데나 당했건만 도무진의 움직임에는 전혀 지장이 없었다. 인간의 육체로는 생각할 수 없는 능력이었다.

"어쩌면 인간이 아닐지도."

소희진의 중얼거림에 모용한영이 물었다.

"인간이 아니라니?"

"처음 상처 입었던 등을 봐."

너무도 빨리 움직이는 도무진의 등을 확인하기는 힘들었지만 언뜻언뜻 스치는 모습에서 눈 밝은 모용한영은 소희진이 얘기하는 바를 잡아냈다.

"등의 상처가… 벌써 아문 거야?"

"내 눈에만 그리 보이지 않는 거라면 그게 사실이겠지."

모용한영이 오희련을 봤다.

"정말인가요? 저 사람은 사람이 아닌가요?"

"그게 상관이 있나?"

그들의 대화 속으로 우지직! 하는 소리가 파고들었다. 유난히 컸고 단순한 굉음이 아니었기에 모두 시선을 싸움터로 돌렸다.

한 마리의 인랑이 뒤쪽으로 심하게 젖혀진 채 서서히 넘어지는 것이 보였다. 새로 창조된 인랑이라도 목뼈가 부러지고는 살아남을 수 없었다.

한 마리의 인랑을 죽인 도무진은 곧바로 다음 인랑의 목을 향해 검을 휘둘렀다. 그의 몸은 인랑의 발톱과 이빨에 의해 온통 피투성이였지만 얼굴에 드러난 고통의 표정은 없었다.

연이어 둔탁한 소리가 울렸다. 도무진은 다른 인랑들의 공격을 피하거나 몸으로 받으며 오직 한 놈의 목만 때렸다.

이윽고 살갗이 찢어지는 소리가 들리더니 피가 뿜어져 나왔다. 입을 한껏 벌리고 고통에 찬 비명을 지르는 인랑은, 그러나 어떤 몸부림에도 도무진의 검을 피할 수 없었다.

처음이 어렵지 이미 벌어진 상처를 더 벌리는 건 그리 오랜 시간이 필요치 않았다. 굵은 힘줄이 잘리고 피에 덮인 하얀 뼈가 나타났다. 도무진의 검은 한 치의 오차도 없이 발버둥치는 인랑의 목뼈를 계속해서 때렸다.

꽈지직!

기어코 인랑의 목뼈가 부서지면서 생의 마지막 발악이 멈췄다. 두 마리의 인랑을 죽이는 사이 꽤나 많은 상처를 얻었지만 도무진은 느려지지도, 힘이 빠지지도 않았다.

검은 여전히 빠른 속도로 춤을 추면서 인랑을 공격했다. 인랑들 또한 도무진의 몸에 계속해서 상처를 남겼다.

도무진이나 인랑 모두 두려움을 거세당한 생물들처럼 오직 서로를 죽이기 위해 처절한 싸움을 계속했다. 그러다 어느 순간 한 마리의 인랑이 도무진의 허벅지를 무는데 성공했다.

한 뼘이 넘는 인랑의 이빨은 도무진의 허벅지를 관통해서 붉은 피를 쏟아내게 만들었다. 이어서 다른 인랑이 도무진의 머리를 향해 아가리를 벌렸다.

오희련은 도무진이 물렸을 때부터 부적을 꺼냈고, 그래서 인랑의 입속으로 도무진이 들어가기 전에 부적을 날릴 수 있었다.

"오진선수오진원 섭!"

부적은 아가리를 벌린 인랑의 눈을 정확히 때렸다. 아무리 신체가 단단하다고 해도 공격 받은 곳이 눈이라면 아플 수밖에 없었다.

한차례 울음을 터뜨린 인랑은 아픈 눈을 감고 다른 눈으로 오희련을 노려봤다.

"크르르르……."

낮은 소리를 토해낸 인랑은 노려보는 것에서 끝나지 않고 그녀를 향해 다가왔다. 호랑이의 꼬리를 밟은 격이었지만 도무진을 도울 수 있었으니 선택에 후회는 없었다.

오희련은 여섯 장의 부적을 들고 주문을 외우기 시작했다. 그녀의 목소리 뒤로 소희진의 주문이 따라왔다. 무사들 또한 검을 다시 고쳐 잡고 싸움을 준비했다.

인랑이 가까이 다가오자 온통 시야를 가려 더 이상 도무진의 모습은 보이지 않았다.

오희련과 소희진이 부적을 날리자마자 황보욱과 모용한영이 인랑을 향해 뛰어갔다. 내공이 사라진 상태이니 두 무사의 무력은 기대하기 힘들었다.

그럼에도 검을 쥐고 달리는 건 패기였고, 그럼에도 어쩔 수 없는 건 현실이었다. 부적을 어렵잖게 퉁겨낸 인랑은 이어서 공격을 들어온 황보욱과 모용한영을 향해 앞발을 휘둘렀다.

검으로 다리를 베려 해보지만 수북한 털에 잠깐 파묻혔던 검은 이내 밀려났고 그들의 연약한 검과는 비교할 수 없는 강한 타격이 들어왔다.

억누른 비명을 지른 두 사람은 나란히 날아가서 벽에 거칠게 부딪쳤다.

"제기랄!"

이미 부상을 입었는데도 모용한영은 욕설을 뱉으며 황보욱보다 먼저 일어섰다. 잔뜩 찡그린 얼굴에 비명을 참기 위해 깨문 입술은 하얗게 탈색되었다.

의지력이 인생의 많은 부분을 좌우하지만, 의지만으로 안 되는 것도 있었고 지금 이 상황이 그중 하나였다. 모용한영과 황보욱을 도와주기 위해 부적을 날리면서도 오희련은 저들을 살리는 게 역부족이라는 걸 인정해야 했다.

'오라버니는?'

도무진을 찾기 위해 고개를 돌리던 오희련의 시선이 원래 있던 방향으로 다시 움직였다. 인랑에게 물려 옴짝달싹하지 못했던 도무진이 모용한영과 황보욱을 공격하는 인랑에게 날아가는 걸 본 것이다.

도무진은 몸 뒤로 넘긴 검을 도끼로 장작을 패듯 인랑의 정수리를 향해 내려쳤다. 혼신의 힘을 다한 그 일격에 인랑의 목이 한 뼘은 들어간 것 같았다.

도무진은 그야말로 비 오는 날 먼지 나도록 인랑을 두들겼다. 내공을 사용하지 않는데도 검은 잔상을 남기도록 빨라서 인랑은 그 매를 고스란히 감당할 수밖에 없었다.

목이 잘리거나 부러진 것이 아니라 인랑은 그렇게 맞아 죽었다. 숨에서 거친 소리가 섞인 것으로 보아 도무진도 지친 모양이다.

하지만 오희련에게 눈길을 준 도무진은 예의 그 여유로운 웃음을 건넸다.

"먼저 나갈래? 마저 해치우고 따라갈 테니까."

오희련은 서 있는 인랑이 두 마리뿐이라는 걸 확인하고 대답했다.

"그냥 기다릴게."

고개를 끄덕인 도무진은 허벅지에서 인랑의 송곳니를 빼 바닥에 던졌다. 피가 솟았지만 눈가에 가는 주름조차 만들지 않았다.

다시 땅을 박찬 도무진은 두 마리의 인랑을 향해 검을 휘둘렀다. 여섯 마리가 있을 때도 도무진을 어찌하지 못했는데, 고작 두 마리로 상대가 될 리 없었다.

도무진의 일방적인 매질을 보고 있는데 모용한영이 곁으로 다가왔다.

"저 사람의 정체가 뭐죠?"

"흡혈귀."

"네? 흐… 흡혈귀요?"

"사냥하고 싶어?"

그녀의 물음에 더 놀란 그녀가 고개를 좌우로 저었다.

"그럴 리가요."

"단단히 준비하고 있어."

"왜요? 더 이상 위험은 없는 것 같은데."

"오라버니가 피를 많이 흘렸잖아. 싸움이 끝나면 인간의 피가 필요할 거야."

모용한영의 얼굴이 창백하게 변했다.

"서… 설마 제… 제 피를 줘야 하나요?"

"목숨을 구해줬는데 그 정도는 해줘야지. 안 그래?"

"하지만 흡혈귀에게 피를 주는 건 자살행위잖아요?"

"그 부분에 대해서는 걱정 마. 오라버니가 잘 조절할 테니까."

그들이 얘기하는 사이 한 마리의 인랑은 벽에 몸을 반쯤 처박힌 모습으로 죽었고, 나머지 한 마리도 머리가 깨져 자신이 흘린 피 속에서 생을 마감했다.

도무진 또한 만신창이였으나 회복하는 데 그리 오랜 시간이 걸리지는 않을 것이다. 송곳니가 박혔던 왼쪽 다리를 약간 절면서 도무진은 중년인에게 다가갔다.

분을 바른 것처럼 안색이 창백해진 중년인은 도망칠 엄두도 내지 못한 채 도무진이 가까워지는 걸 우두커니 보고만 있었다.

"귀인문 소속인가?"

도무진의 물음에 넋이 나간 모습인데도 고개를 저어 대답을 했다.

"그럼 이건 다 뭐지?"

"그냥 시험이다."

"시험을 하는 이유는?"

"돈 때문이지."

"네가 만든 저것들을 팔려고? 살 사람은 있고?"

"주문 제작이니 구매자는 당연히 있지."

"그게 누구냐?"

도무진의 질문은 중년인의 물음으로 돌아왔다.

"네 정확한 정체가 뭐냐?"

"흡혈귀. 너 정도 술법사면 지금쯤 눈치챘어야지."

"세상에 널리고 널린 흡혈귀일 리가 없다. 대체 넌 왜 그리 특별한 것이냐?"

"알고 싶으냐? 그럼 이곳으로 돌아와라."

중년인은 앞에 있는데 돌아오라는 도무진의 말은 이상했다. 그 말을 들은 후 보이는 중년인의 반응 또한 오희련으로서는 이해할 수 없었다.

"흐흐흐… 오늘의 만남은 이쯤에서 끝내는 게 좋겠군. 널 알았으니 다음번 결과는 오늘과 다를 것이다."

도무진이 중년인의 얼굴을 향해 팔을 뻗었다. 콧수염이 난 부분에 손이 닿자 갑자기 중년인은 사라지고 도무진 손에 잡힌 건 한 장의 부적이었다.

술법사인 오희련조차 눈치채지 못했는데 도무진은 중년인이 부적만 남긴 채 도망쳤다는 걸 이미 알고 있었다.

부적을 구겨서 던진 도무진의 몸이 휘청 흔들렸다. 오희련은 황급히 달려가서 도무진의 팔을 잡았다.

"괜찮아?"

"조금 지나면 나아질 거다."

뒷걸음질 친 도무진이 인랑의 피가 묻은 벽에 등을 기대는데 모용한영이 쭈뼛거리는 걸음으로 다가왔다.

"저……."

불안하게 흔들리는 눈으로 도무진을 힐끔거린 그녀는 소매를 걷은 팔을 쭉 내밀었다.

"여기요."

모용한영의 행동은 도무진을 어리둥절하게 만들었다.

"뭐하는 거냐?"

"기력을 회복하려면 피가 필요하다면서요? 그저 죽이지만 마세요."

도무진은 오희련을 봤고 그녀가 한쪽 눈을 찡긋한 후에야 실소를 머금었다.

"네가 틀렸다."

"트… 틀리다니요? 제 피는 안 된다는 건가요?"

안심하는 듯한 물음에 도무진은 고개를 저었다.

"아니, 내가 필요한 부분은 팔이 아니라 네 목이니까."

모용한영은 손으로 목을 가리며 주춤 물러섰다.

"모… 목에서… 꼭 그래야 하나요? 피를 마시는 건 똑같잖아요?"

"겁나면 관두든가."

도무진이 돌아서려는데 모용한영이 황급히 불렀다.

"아… 아니요!"

그녀는 목을 가린 옷깃을 안으로 밀어 넣으며 결연한 표정으로 말했다.

"저희 목숨을 구했으니 빚은 갚아야죠."

고개를 돌린 그녀는 눈을 질끈 감았다.

"이번 한 번으로 목숨의 빚을 다 갚는 거라고 생각하면 오산이야."

"네?"

"목숨의 빚은 목숨으로 갚는 게 당연하잖아?"

"그럼 제가 죽을 때까지 흡혈을 하겠다는 말인가요?"

"글쎄, 한 삼 년 견디면 놔줄 수도 있지."

모용한영의 얼굴이 하얗게 질렸다. 아무리 배짱 좋은 그녀라도 쉬이 승낙할 수 있는 조건이 아니었다.

도무진의 장난기는 오희련의 터지는 웃음으로 마무리되었다.

"호호호호! 농담 그만하고 이 기분 나쁜 지하실에서 빨리 나가자고요."

도무진도 결국 웃음을 터뜨리고 말았다. 어리둥절해하던 모용한영의 얼굴이 와락 구겨졌다.

"절 놀리셨군요!"

"흡혈귀가 다 똑같다고 생각하지는 마."

오희련의 말에 모용한영은 퉁명스럽게 대꾸했다.

"당연히 저분은 특별하죠. 세상에 어떤 흡혈귀가 저처럼 강할 수 있겠어요?"

"혹시 내 경쟁자가 될 생각이니?"

모용한영의 얼굴이 금세 빨갛게 달아올랐다.

"그… 그럴 리가 없잖아요!"

"글쎄, 세상일은 모르는 법이니까."

"쓸데없는 소리 그만하고 나가자."

도무진은 자신이 무너뜨리고 들어온 천장의 구멍 아래 서서 무릎 앞에 깍지를 끼었다. 오희련이 도무진의 손을 밟고 먼저 몸을 날렸다.

수련생 세 명이 뒤를 따랐고 아직도 정신을 못 차리고 있는 남혜령이 그다음, 시체는 잠깐의 의논 끝에 그래도 땅에는 묻어주자는 합의에 도달했다.

그들이 올라간 곳은 뒤쪽 두 채의 건물 중 좌측 건물의 커다란 방이었다. 그곳에는 네 명의 벌거벗은 남녀 시체가 있었는데 도무진이 죽인 인랑이었다.

비교적 멀쩡한 황보욱과 소희진이 뜰에 시체를 묻기로 하고 도무진과 오희련은 집 안을 둘러보기로 했다. 중년인의 정체를 알아낼 수 있는 단서를 찾기 위해서였다.

하지만 반 시진 가까이 둘러본 집 안은 도무진이 죽인 이십여 구의 시체만 즐비할 뿐 흑술법사인 중년인의 정체는 끝내 토해내지 않았다.

두 채의 건물 중 우측 건물의 서재를 마지막으로 수색을 마치려던 오희련은 뒤에서 뭔가 떨어지는 소리에 화들짝 놀라 몸을 돌렸다.

그녀의 손은 이미 부적을 잡기 위해 가방에 들어가 있었다. 하지만 소리는 단지 책장에 꽂혀 있던 책이 바닥에 떨어진 것뿐이었다. 오희련은 그저 생각 없이 책을 집어 들었다.

망니적술법(忘你的術法).

'너의 술법은 잊어라?'

책 제목치고는 묘했다. 대충 넘겨보니 부적 그리는 법과 주문, 당장은 알 수 없는 기묘한 그림들이 그려져 있었다. 책을 보고 있는데 밖에서 그녀를 부르는 도무진의 목소리가 들렸다.

오희련은 책을 품에 넣고 서둘러 나갔다.

"찾은 건?"

책에 대해 말할까 하다가 술법책을 도무진에게 말해봤자 소귀에 경 읽기이기에 고개를 저어버렸다.

그들이 건물 두 채를 수색하는 사이 수련생들은 시체 두 구를 마당에 묻었다. 전장에 묻히는 건 만민수호문의 문도로서 사치에 가까운 대접이었다.

죽으면 대부분 세해귀의 먹이가 되거나 들판에 버려지기 일쑤기 때문이다.

"이제 어떡하죠?"

동료의 시체를 묻는 게 힘들었던 모양, 네 사람의 이마에는 땀이 송글송글했고 눈시울은 붉어져 있었다.

"가야지."

도무진이 대청을 내려왔다. 해는 서쪽으로 많이 기울어 있었지만 아직은 대낮이라고 할 정도로 밝았다. 긴 그림자를 밟은 도무진이 햇빛 속으로 들어오려고 할 때 수련생들은 저마다 소리를 질렀다.

"아직 햇빛이 있어요!"

"그러다 죽어요!"

도무진이 흡혈귀인 걸 아는 자들은 햇빛 속으로 들어갈 때 언제나 저런 반응을 보였기에 이제는 익숙해졌다. 품에서 안경을 꺼내 쓴 도무진이 노란 햇빛 속에 파묻혔다.

"산책하기 좋은 날씨군."

이젠 식상해져 버린 농담이다.

"어… 어떻게……? 흡혈귀가 아니었군요?"

소희진의 물음에 오희련이 도무진을 지나치며 말했다.

"나중에 송곳니를 보고도 그런 말을 할 수 있을까?"

"정말 흡혈귀예요?"

이제 막 정신을 차린 듯 어리둥절한 표정을 짓고 있던 남혜령이 물었다.

"어디에 흡혈귀가 있다는 거야?"

오희련이 그런 남혜령을 보고 가는 한숨을 쉬었다.

"정말 속 편한 녀석이군. 설마 누구처럼 상습적으로 기절하는 건 아니겠지?"

\*　　　\*　　　\*

여덟 명째의 문도가 쓰러졌다. 남궁벽은 온전히 적을 상대로 싸우는 것처럼 손속에 사정을 두지 않았다.

내공이 폭발하거나 신체적으로 특별히 강해졌다는 느낌은 받지 못했다. 그저 예전보다 눈이 좋아졌는지 상대의 움직임이 잘 보이고 그래서 예측할 수 있었다.

그렇기에 문도 여덟 명을 베는 데 고작 일각밖에 걸리지 않았다.

"멈춰라!"

일갈과 함께 문도들의 공격과는 비교할 수 없을 정도의 힘이 뒤에서 밀려왔다. 남궁벽은 재빨리 돌아서서 검을 휘

150 어둠의 성자

둘렀다.

쇠와 쇠가 부딪치는 소리가 쩌렁하게 울린 후 남궁벽은 뒤로 밀려났다. 한 치 깊이의 흔적이 여섯 자 남짓 길게 새겨졌다.

남궁벽을 공격한 사람은 남궁설평이었다. 부릅뜬 눈하며 잘게 떨리는 수염이 지금 그의 분노가 어느 정도인지 말해주고 있었다.

남궁벽은 한 번도 남궁설평을 저처럼 화나게 만든 적이 없었다. 언제나 조심했고 무리한 행동은 하지 않았기에 핀잔을 듣고 실망을 안길지언정 심한 노여움은 사지 않았다.

아마 그것은 어렸을 때부터 가슴속에 켜켜이 쌓인 아버지에 대한 두려움 때문이었을 것이다. 그런데 지금 이 순간은 이상할 정도로 냉정하게 남궁설평을 대할 수 있었다.

핏줄이 파랗게 튀어나온 손에 들린 검에서 파란 검강을 뿌리고 있는데도 두려움은 느낄 수 없었다.

"네가 정녕 내 집안의 역적이 되려고 하는 것이냐!"

분노한 남궁설평과 달리 남궁벽의 대꾸는 차분했다.

"절 막지 않으면 싸움 또한 없을 겁니다."

"여기는 내 집이고 넌 내 자식이다! 내 말을 거역하겠다는 것이냐!"

"오늘 아버님과 형님이 죽인 사람은 제 어머니였습니다.

비록 아버님이 자신의 부인이라는 걸 부정했고 형님이 어머니님을 거부했던 분이라 할지라도 그분은 제 어머니였습니다. 제 어머니를 죽인 집안에 남아 있을 이유가 없습니다."

"네 어미는 이미 오래전에……!"

"오늘! 반 시진 전에 돌아가셨습니다! 아버님과 형님, 남궁세가를 원망하며 잿빛으로 변해 처참하게 돌아가셨다고요!"

쩌렁하게 울린 남궁벽의 음성은 이내 차분하게 가라앉았다.

"그래서 떠나려는 겁니다."

부들부들 떨리는 남궁설평의 입술이 어렵게 열렸다.

"정녕 남궁세가를 등지겠다는 말이더냐?"

"이미 오래전에 그랬어야 했습니다. 너무 늦었지요."

남궁설평은 파란 검강이 튀어나온 검으로 남궁벽을 가리키며 말했다.

"내가 용납할 수 없다고 해도 말이냐?"

"제가 허락을 구하고 있는 것처럼 보이십니까?"

남궁벽의 미간을 겨눈 검 끝으로 남궁설평의 분노가 전해져 피부를 따갑게 했다. 평정심을 이루지 못한 남궁설평의 검은 끊임없이 경련을 일으켰다.

남궁벽은 검을 가슴 앞에 세로로 세우고 남궁설평의 분노가 밀려오기를 기다렸다. 그런데 긴 한숨을 쉰 남궁설평이 검강과 검을 동시에 거뒀다.

"가거라. 가서 다시는 내 눈에 띄지 마라."

남궁설평의 뒤에서 지켜보고 있는 남궁화명이 놀라서 소리쳤다.

"아버님! 저 녀석을 그냥 보낸단 말입니까?"

"네 동생의 피를 여기서 봐야겠단 말이냐?"

"하지만 녀석이 이대로 보내면……!"

"입 다물어라!"

남궁화명이 하고 싶은 말은 듣지 않아도 알 수 있었다. 남궁벽은 남궁세가가 가문을 세운 이래 가장 공들였던 연구를 망쳐 버렸고 문도 여덟 명을 죽였다.

이대로 남궁벽을 보낼 경우 수하들의 사기는 물론이요, 이탈하는 문도가 생길 수도 있었다.

하지만 남궁설평은 의지를 굽히지 않았다.

"오늘로써 너와 남궁세가의 인연은 끝났다."

그것이 남궁벽에게 내려진 형벌이었지만, 그 때문에 더 괴로워하고 더 피해를 보는 쪽은 남궁세가일 수밖에 없었다.

남궁벽은 돌아서는 남궁설평의 등을 바라보다가 문을 향해 걸어갔다. 더 이상 그를 막는 문도는 없었고 그저 분노 어린 시선만이 거미줄처럼 끈끈하게 따라붙었다 그렇게 그날 남궁벽의 뿌리는 뽑혔다. 이제 물길을 따라 흐르는 부평초의 신세가 됐는데도 마음은 홀가분했다.

'태어난 곳에서 평생 살라는 법은 없으니까.'

제13장
유인과 무응보

칠흑 같은 암흑이다. 더 이상 까말 수 없는 어둠인 것 같은데 그 속에 더 짙은 어둠이 소용돌이치며 돌아갔다.

'꿈인가?'

아니다. 눈을 떴는지조차 불확실하고 근육이 모두 녹아내린 듯 무기력하지만 현실에 발을 들여놓고 있다는 건 알 수 있었다.

마지막 기억은 방 아래 좁은 공간에서 쭈그려 잠이 든 것이다. 수면의 나락으로 떨어지던 그 어지러움을 손수민은 기억하고 있었다.

힘이 없어 손을 뻗어 머리에서 고작 한 자 떨어진 천장을 확인할 수도 없었다.

'꿈도 아닌데 왜 이러지?'

그러다 얼음 망치로 머리를 때리는 것 같은 차가운 이성의 생각이 파고들었다.

선신수호부와 금강부.

만의 하나의 가능성을 생각하며 팔 안쪽에 겉으로 드러나지 않게 새겨둔 부적이다.

세해귀에게 홀리는 것을 방지하는 피혹부와 비슷한 두 개의 부적은, 그녀가 술법에 걸려 제정신이 아닐 때 현실로 이끌어주는 구원의 손길이었다.

그 손길이 그녀의 팔을 잡아끌고 있는 것일까? 세상에서 가장 짙은 어둠의 회전이 느려졌다.

그 회전이 완전히 멈추자 빛보다 먼저 감각이 찾아왔다.

이질적이다. 귀로 누군가가 바람을 집어넣고 있는 것처럼 간지럽다.

무게도 느껴진다. 무게는 점점 숨이 막힐 것처럼 무겁게 다가왔다. 그리고 바늘구멍만큼 작은 구멍에서 빛이 새 들어왔다.

그리 밝지 않은 빛을 내보내는 구멍은 금세 커져서 붉은 색깔의 무언가를 보여주었다.

사그락! 사그락!

소리도 들려준다. 천이 살결에 스치는 소리 같았고 곧 돌아 온 감각은 자신의 얼굴이 바닥에 쏠리는 소리라는 걸 깨달았 다.

붉은색의 천이다. 푹신푹신한, 매일 사용하기에 익숙한 생김새. 얼굴 바로 앞에 놓인 그것은 베개이다. 하지만 자신의 하얀 베개는 아니다.

자신이 있는 곳이 낯선 장소라는 걸 깨달은 순간 모든 감각이 배를 덮치는 거대한 파도처럼 덮쳐 왔다.

그녀는 엎드려 있었고 등에 올라탄 누군가 귓가에 거친 숨을 뿜어내며 움직이는 중이었다.

끈적끈적한 맨살의 감촉은 뱀을 감고 있는 것처럼 끔찍했다. 그리고 한 번도 느껴보지 못한 하문의 그 느낌…….

손수민은 입을 한껏 벌려 비명을 지르려 했지만 컥컥거리는 소리만 튀어나왔다.

그녀의 소리를 들은 듯 움직임이 멎었다. 그때 비로소 손수민은 자신이 원하는 소리를 토할 수 있었다.

손수민의 날카로운 비명이 어디인지 모를 공간을 가득 메웠다. 기분 나쁜 끈적한 감촉이 떨어져 나갔다. 그녀는 계속해서 비명을 질렀지만 등에 올라타 있던 누군가는 굳이 그녀는 제지하지 않았다.

한 숨, 두 숨, 세 숨…….

숨이 찰 때까지 긴 비명을 지른 손수민은 비명 대신 고개를 돌렸다.

"다 했느냐?"

밝지는 않았지만 창호지가 발라진 창문을 스며든 달빛 속의 인물이 누군지는 알아볼 수 있었다.

선우연이다. 벌거벗은 그는 의자에 걸어둔 옷을 입으며 말을 이었다.

"별일도 아닌데 호들갑 떨 것 없다."

몸을 뒤집어 천장을 향한 손수민은 본능적으로 이불을 목까지 끌어 올렸다. 최고급 비단으로 만든 붉은 이불은 사그락거리는 소리로 그녀를 감쌌다.

"내가 왜… 이곳에… 제게 무슨 짓을 한 거예요?"

"나쁜 것 같지만 결과적으로 좋은 것이다."

어떤 경로로 결과에 도달하든 지금 이 상황이 절대 좋을 수는 없었다. 남녀의 정사에 무지한 손수민이었지만 지금 그녀가 당한 강간은, 어쩌면 죽음보다 더 나빴고 지금 느끼는 치욕은 정말 죽음의 늪으로 그녀를 끌어들이는 것 같았다.

"왜! 왜 내게 이러는 거예요!"

"네가 여자니까. 당연한 걸 묻는구나."

당황하지도 양심의 가책을 느끼지도 않는 선우연은 옷을 침대 위에 던졌다.

"네 방으로 가라."

마치 벌거벗은 그녀가 이불 속으로 함부로 들어오고 선우연은 귀찮아서 쫓아내는 것 같았다.

손수민은 주섬주섬 옷을 입었다. 속옷은 찾을 수 없어서 겉에 옷만 걸쳤다. 정신없이 옷을 입고 침대 아래로 내려서는 그녀의 시선에 목승탁이 걸렸다.

지부가 떠나가도록 비명을 질렀으니 목승탁이 이곳까지 온 건 당연했다. 어둠 속에 우두커니 선 목승탁이 어떠한지는 보이지 않았다.

하지만 지금의 광경이 뜻하는 바는 인지할 것이다.

"지부장님……."

"네 방으로 돌아가라."

목승탁 또한 선우연과 같은 말을 했고 그 또한 감정 같은 건 내비치지 않았다. 정말 저들에게 손수민을 강간한 건 아무것도 아닌 것인가? 아니, 세상이 원래 그런 것인데 자신만 모르고 있는 건가?

혼란스러운 그녀는 꿈을 꾸며 걷는 것 같은 걸음으로 선우연의 방을 빠져나왔다. 이건 정말 꿈인지도 모른다. 그동안 그녀가 숱하게 꾸어온 악몽과는 다르지만, 인생 최악의 악몽이 그녀를 찾아온 것인지 모른다.

복도를 지나 대청에 도착한 그녀는 유난히 서늘한 뺨을 느끼며 정신을 차렸다. 마당에서 불어온 바람이 그녀의 눈물을 식혀주었다. 손수민은 정작 자신이 울고 있는 것조차 몰랐다.

눈물은 그녀에게 익숙한 분비물이다. 부모님이 돌아가셨을 때도 울었고, 그리울 때도 울었으며, 두려울 때조차 눈물을 흘렸다. 그리고 지금, 수치의 절정일 때도 그녀는 그저 울 뿐이다.

약한 자의 전유물 같은 눈물은 손수민을 평생 따라다니는 꼬리와 같았다. 그녀의 인생길에는 언제나 자신이 밟은 눈물 자국이 빼곡하게 찍혀 있었다.

약했기에, 겁이 많았기에 그럴 수밖에 없었다. 그녀는 한 번도 정면으로 두려움에 맞서지 못하고 비켜서서 눈물로 자신을 달래기를 반복했다.

오늘의 치욕도 그래서이다. 그녀가 강했다면 일어나지 않았을 비극이다. 육체가 아닌 정신만이라도 강단이 있었다면 선우연이 이렇듯 함부로 그녀를 유린하지 못했을 것이다.

생각에 생각이 꼬리를 물자 그 생각의 끝을 타고 분노가 서서히 차올랐다. 그녀는 눈물을 닦고 작업실로 달려갔다. 어두워서 벽에 부딪치고 문턱에 걸려 넘어지면서 무릎이 까졌지만 고통의 신음조차 뱉지 않았다.

작업실 벽장을 연 손수민은 자신의 몸통만 한 보자기에 그동안 개발한 무기들을 쓸어 담았다.

남들은 알아주지 않았지만 손수민은 끊임없이 세해귀를 물리칠 무기들을 만들었다. 술법이나 무공을 쓰지 못하는 범인일지라도 능히 세해귀와 싸울 수 있게. 자신이 약하기에 보통 사람을 위한 무기 개발에 더욱 매달렸는지 모른다.

가지고 갈 수 있는 무게만큼 무기를 담은 손수민은 선우연의 방으로 뛰어갔다. 무기를 너무 많이 넣어서 중간부터는 질질 끌고 가야 했다.

열린 선우연의 방문에서 빛이 새 나오고 있었다. 그녀는 한 번도 타인을 해치기 위해 싸움을 한 적이 없었다. 하지만 보자기를 끌고 와 폭침탄(爆針彈)을 꺼내 선우연을 향해 던지는 일련의 행동에서 주저함 같은 건 보이지 않았다.

목승탁과 탁자를 사이에 두고 마주선 선우연은 자신을 향해 날아오는 폭침탄을 그저 우두커니 보고만 있었다.

펑! 하는 소리와 함께 수백 개의 소털처럼 가느다란 침이 선우연을 향해 쏘아졌다. 정교하게 만들어진 폭침탄은 침 하나도 목승탁을 위협하지 않았다. 물론 목승탁의 능력이라면 폭침탄에 몸을 상하는 일은 없을 것이다.

도무진에게 무공을 가르칠 정도니 선우연 또한 뛰어난 능력자라는 건 손수민도 알고 있었다.

무형의 막이 가로막고 있는 듯 침은 선우연의 앞에서 우수수 떨어졌다. 그녀도 한 번의 공격으로 선우연을 죽일 수 있을 것이라고 생각하지 않았다.

그래서 손수민은 곧바로 쌍섬살(雙閃殺)을 꺼내 들었다. 모양은 활처럼 생겼지만 보통의 그것보다 다섯 배는 작았다. 하지만 그 위력만은 인간이 쏘는 화살과는 비교할 수가 없었다.

끼리릭!

활 손잡이 부분에 파인 두 개의 홈에 화살을 건 후 시위가 걸린 부분을 돌리자 활이 잔뜩 구부러졌다.

"그만둬라."

목승탁의 낮은 음성은 그녀의 행동을 막지 못했다. 손수민의 손목이 까딱 돌아가자 두 개의 화살이 선우연을 향해 날아갔다.

평범한 화살보다 족히 다섯 배는 빠른 속도였다. 그러나 그것 역시 선우연의 바로 앞에서 뭔가에 부딪쳐 산산조각이 나 버렸다.

"괴물 같은 놈!"

그녀는 보자기 안에서 신발을 꺼냈다. 신마혜(神馬鞋)라고 이름 붙은 신발은 강력한 용수철의 탄성을 이용해 신마처럼 빠르게 달릴 수 있다고 해서 붙인 이름이다.

신마혜를 신고 손에는 검을 들었다. 특별히 자신의 무기라고 만든 것이 아니라, 검이 얼마나 날카로울 수 있는지 시험해 보기 위해 최대한 날카롭게 만든 검이다.

발뒤꿈치를 서로 부딪치자 손수민의 키가 한 뼘쯤 높아졌다. 제자리에서 가볍게 뛴 그녀는 몸을 앞으로 기울인 후 힘껏 땅을 박찼다.

손수민은 신마혜라는 이름에 부끄럽지 않을 정도로 빠르게 선우연과의 거리를 좁혔다. 머릿속에는 오직 선우연을 죽이겠다는 생각뿐이었고, 눈에는 죽여야 할 선우연만 보였다.

손가락 마디가 하얗게 될 정도로 움켜쥔 검은 선우연의 가슴을 향해 날아갔다.

검이 선우연의 가슴을 파고들었다고 믿었다. 파란 외투가 뚫리는 걸 본 것 같았다. 그런데 어느 순간 시야에서 선우연은 사라지고 세상이 빙글빙글 돌았다.

뭔가 부서지는 소리가 들리더니 손수민은 파란 별이 가득 펼쳐진 밤하늘을 볼 수 있었다. 그녀는 그렇게 간단하게 창문을 깨고 밖으로 던져진 것이다.

절망이 엄습했다. 그녀의 능력으로는 선우연을 어찌할 수 없었다. 오랜 옛날 부모님을 죽였던 염화견보다 선우연은 더 높은 벽이었다.

그냥 이대로 내동댕이쳐져서 죽어버렸으면 하고 바랐다. 하지만 그녀는 땅에 부딪치지 않았다. 그보다는 훨씬 부드러운 감촉이 그녀의 몸을 감쌌다.

밤하늘이 펼쳐졌던 그 공간에 익숙한 얼굴이 나타났다.

도무진이다.

착각처럼 나타나 그녀를 안은 그를 보고 왜 그랬는지 모른다. 손수민은 갑자기 감정이 북받쳐 왕 울음을 터뜨렸다.

울지 않아야 하는데, 눈물로 자신의 약함을 드러내지 말아야 하는데 그녀는 도무진의 옷깃을 잡고 펑펑 울었다.

사연을 모르는 도무진은 굳이 묻지 않고 그녀의 머리를 끌어당겨 품에 안아주었다. 우는 아이를 안아주는 아버지의 모습 같아서 그녀는 꺼이꺼이 목 놓아 울었다.

한참을 울고 소리도 눈물도 말라갈 즈음 오희련이 물었다.

"수민아, 왜 그래?"

빨갛게 충혈 된 손수민의 눈은 자신이 뚫고 나온 창문으로 향했다. 그곳에 선우연이 서 있었다. 이 상황과는 아무 상관 없다는 듯 뒷짐을 진 선우연의 얼굴은 무표정 그대로였다.

"저 자가 절… 강간했어요. 오랫동안… 제가 자는 사이 술법을 이용해 제 정신을 빼앗아서……. 제가 항상 피곤한 이유가 그것이었어요."

말 중간중간 딸꾹질이 나오기는 했어도 알아들을 만큼 설명은 충분했다. 매 맞고 들어온 아이가 고자질을 하는 것 같았지만 도무진에게는 그래도 될 것 같았다.

도무진은 굳이 선우연에게 사실이냐고 묻지 않았다. 손수민을 내려와 오희련에게 맡긴 도무진은 '왜?' 냐고 물었다.

"당신 같으면 여자와 자기 위해 굳이 술법 같은 걸 쓰지 않아도 되잖아?"

그렇게 물었다.

"그 애가 마음에 들었으니까. 어려울 것도, 뒤끝도 없으니 좋지. 인간의 감정이라는 건 종종 귀찮음을 동반하거든."

"강간을 한 이유가 귀찮음이란 말인가?"

"살인을 할 수 있는 적당한 이유기도 하지. 갔던 일은 어떻게 됐나? 다 돌아오지는 못했지만 서두른 보람은 있었군. 네 밤친구가 살아 있으니."

선우연은 손수민을 강간한 것이 진심으로 아무렇지 않은 모양이다. 도무진은 검을 빼 들었다. 선우연에게는 도무진의 행동이 더 놀라운 모양이다.

"그 검은 설마 나를 향한 것이냐?"

"당신, 이번 일은 정말 마음에 들지 않아."

"마음에 들지 않아서 내게 검을 들이댄다고?"

"귀찮아서 강간을 하는 것보다 훨씬 그럴듯한 이유지."

선우연은 나는 것처럼 부서진 창문을 넘어왔다.

"여긴 지하실이 아니다. 그러니 수련도 아니고."

"수련이 아니니 더 이상 말은 필요 없겠지."

도무진은 땅을 박찼다.

그가 떠난 자리에 한 뼘 깊이의 자국이 생겼고, 그런 자국을 만들었을 만큼 도무진은 빨랐다.

우우웅!

커다란 검이 바람을 가르는 소리는, 검이 스스로 토하는 울음 같았다.

카앙!

어느새 선우연의 손에 들린 검과 도무진의 검이 부딪친 소리에 그들은 황급히 귀를 막았다. 특별히 약한 손수민은 짧은 비명과 함께 주저앉았다.

산조차 베어버릴 것 같은 도무진의 공격을 막은 선우연은, 그러나 몸조차 흔들리지 않았다. 예상이나 했다는 듯 도무진은 튕겨 나온 검을 재차 휘둘렀다.

묵철을 섞어 만들었고 검은 검강까지 뿌리는 도무진의 검은 잔상 때문에 흑색 깃발을 휘두르는 것 같았다. 반면 선우연의 시리도록 하얀 검은 흔적이 없었다.

그냥 사라졌다가 공간을 무시하고 갑자기 나타나 수비를 하고 공격을 들어갔다.

도무진의 커다란 검에 비하면 젓가락처럼 보이는 검은, 도무진에게 금세 네 개의 상처를 만들었다.

배와 가슴, 허리와 등. 길게 찢어진 상처에서 바지를 적실 정도로 많은 피가 흘러내렸다. 하지만 도무진은 금속의 차가운 고통 속에서도 공격을 멈추지 않았다.

그들의 싸움을 보는 그 누구도 두 사람이 정확히 어떻게 움직이는지 알지 못했다. 그들은 너무 빨랐고 검이 한 번씩 부딪칠 때마다 그 충격파 때문에 흙이 튀어 올라 두 사람을 가리기 일쑤였다.

쾅!

쇠붙이가 부딪치는 날카로운 소리 뒤로 울린 굉음이었다. 그들은 뒤늦게 도무진이 처박혀 건물 벽이 무너졌다는 걸 알았다.

인간이라면 절대 견딜 수 없을 충격을 받고도 도무진은 곧바로 선우연을 향해 몸을 날렸다.

근처에 있던 작은 나무들은 흔적도 없이 사라졌고 반경 십 장 안쪽의 땅은 뒤집혀 축축한 속살을 드러냈다. 싸움의 여파는 건물의 벽마저 쩍쩍 갈라지게 만들어서 도무진이 한 번 더 부딪치자 지붕 일부까지 무너져 내렸다.

그것은 정녕 인간이든 세해귀든 살아 있는 자들이 펼칠 수 있는 싸움이 아니었다.

도무진의 강함이야 이미 알고 있었지만 그런 도무진에게 상처를 하나둘 쌓아가는 선우연은 대체 어떤 인간일까? 아니, 인간이기는 한 걸까?

도무진이 십여 개의 크고 작은 상처를 안고 있었지만 싸움은 쉬이 끝날 것 같지 않았다.

하지만 예상은 곧잘 틀리기에 예상이라고 한다. 폭풍처럼 몰아치던 도무진의 검이 만든 장막이 어느 순간 갑자기 사라졌다.

그것은 곧 움직임이 멎었다는 걸 의미했다.

"아!"

오희련의 입에서 탄식이 터졌다.

마주 본 두 사람의 간격은 고작 세 자밖에 되지 않았다. 도무진의 검은 무게를 못 이기는 것처럼 땅에 닿아 있었고 선우연의 검은 땅과 수평이 되게 놓였다.

뚝! 뚝!

수평이 되게 놓인 그 검 끝에서 피가 떨어졌다. 도무진의 왼쪽 가슴을 뚫고 등으로 삐져나온 검이다. 도무진의 심장을 관통했을 것이 분명한 검이다.

갑작스럽게 찾아온 고요였기에 검을 타고 떨어지는 피의 소리는 유난히 크게 들렸다. 마치 경극의 한 장면 같은 그 모습에 한동안 숨소리조차 크게 내지 못했다.

사악.

가슴을 관통한 검이 빠져나가며 만든 소리는 종이로 베인 것 같은 날카로운 아픔을 안겨주었다.

"분수를 알아야지."

선우연은 도무진의 목을 향해 검을 휘둘렀다. 아무리 흡혈귀라도 목이 잘리면 살아남을 수 없다. 햇빛을 견디는 흡혈귀, 최초의 흡혈귀의 능력을 받은 도무진이라 해도 그 범주에서 벗어나지 못한다.

"안 돼!"

오희련과 손수민은 같은 절규를 뱉었다. 그러나 그녀들의 외침이 선우연의 검을 막을 수는 없었다. 그것은 그저 비극적인 감정의 발산일 뿐이다.

그런데 막혔다. 도무진의 목과 불과 한 치만을 남겨두고 검은 멈추었다. 선우연의 의지가 아니라 보이지 않는 막 같은 것이 검을 막은 것이다.

그사이 도무진의 검이 움직였다. 하지만 도무진의 검 또한 허리 높이 이상 올라가지 못했다.

검날에는 어느새 나타난 목승탁의 늙은 손이 얹어져 있었다.

"비켜."

도무진의 낮은 음성에 목승탁은 가는 한숨을 쉬었다.

"그만해라."

"내가 살아 있는 한 이 싸움은 멈추지 않아."

선우연이 웃었다. 눈은 웃지 않고 입술만 움직이는 특유의 그 섬뜩한 웃음이다.

"나와 싸우면 죽을 줄 알면서 싸우겠다고 고집을 부리다니. 흡혈귀이면서 생존을 가장 우선으로 두는 흡혈귀의 본성을 철저히 거부하는 녀석이 재밌지 않나?"

선우연은 목승탁을 향해 물었고 그사이 도무진의 검이 움직였다. 하지만 이번에도 커다란 검은 선우연에게 닿지 못했다.

둘 사이를 막고 있는 목승탁이 팔을 뻗자 도무진은 삼 장이나 멀리 날아가서 바닥에 내동댕이쳐졌다. 도무진의 가슴에는 어느새 부적 한 장이 붙어 있었는데, 그 부적이 쓰러진 도무진을 움직이지 못하게 만들었다.

큰대자로 뻗어 있는 도무진을 힐끔 본 선우연이 목승탁에게 말했다.

"저 녀석을 살리려는 자네의 노력은 가상하지만 소용없는 짓이네."

"무진이를 죽이겠다는 건가?"

"날 죽이려고 했는데 그냥 넘어간다고? 감히 날 향해 검을 휘둘렀는데?"

"무진이가 자넬 죽일 수 없다는 건 우리 둘 모두 잘 알고 있잖나?"

"중요한 건 사실이 아니라 현실이지. 날 죽이려고 했던 자라면 설사 황제라도 내 검을 피할 수 없어. 자네도 잘 알 텐데? 그건 우리 모두의 규칙 같은 게 아니었나?"

"자네가 자초한 싸움일세."

선우연이 짐짓 놀랍다는 표정을 지었다.

"내가 저 아이를 취한 것 말인가?"

선우연의 검지가 손수민을 가리켰다. 그 손가락 방향에 있다는 것만으로 손수민은 칼에 찔린 것 같아 몸을 부르르 떨었다.

"고작 여자 하나를 취했을 뿐인데? 내게 그 따위 것이 죄라고 말하는 것인가?"

강간이 죄가 아니라고 하는 선우연의 말은 그냥 듣고 있기에는 어이가 없었다. 그래서 오희련이 버럭 소리를 질렀다.

"새끼야! 강간이 죄가 아니면 세상에 뭐가 죄란 말이냐! 이 빌어먹을 놈아!"

선우연의 시선이 오희련에게 멎었다. 단지 봤을 뿐이다. 사람의 시선이 그처럼 무서울 수 있다는 걸 그녀는 처음 알았다. 마치 한 겨울에 벌거벗고 얼음물을 뒤집어 쓴 것 같은 오한이 일었다.

"날 보고 욕을 하는 게 죄다. 바로 너처럼."

'그래서 날 죽이려고?' 라는 소리를 치고 싶었다. 하지만 선우연의 시선에 눌려 입술조차 떼지 못했다.

"우리에게도 강간이 죄인 때가 있었네. 잊었나?"

목승탁의 말에 다행히 시선이 옮겨져 오희련은 안도의 한

숨을 내쉴 수 있었다.

"세상에 세해귀가 없었던 때도 있었지. 지금 내게 죄를 물을 수 있나?"

"물론 아무도 자네를 처벌할 수 없다는 건 아네. 그럼 자네 자신은 어떤가?"

선우연은 의외라는 표정을 지었다. 그러더니 갑자기 웃음을 터뜨렸다. 목젖까지 보이도록 입을 한껏 벌리고 웃는 선우연은 진정 즐거운 듯 눈까지 웃었다.

"하하하하! 지금 자네 양심을 얘기하는 것인가?"

목승탁이 대답이 없자 선우연은 웃음을 거두고 다시 물었다.

"정녕 그런 것인가?"

"그게 중요한가?"

"중요하지. 자네가 자네답지 않은 건 변했다는 뜻이니까."

목승탁은 품에서 부적 두 장을 꺼냈다.

"그럼 이건 어떤가?"

"흠, 찾아냈군. 꽤 교묘히 숨겨놨다고 믿었는데."

"내 집무실과 통신실에 암청부(暗聽符)를 숨겨놓아 날 감시한 이유가 뭔가?"

"호기심 때문에?"

"나의 변화보다 우리의 신뢰가 깨지는 게 더 중요한 문제

같은데?"

"내가 자네 사생활을 좀 엿봤다고 우리 사이가 틀어진다는
건 말이 안 되지. 그 덕분에 저기 오희련과, 두 명은 죽었지만
네 명의 견습생이 살아 오지 않았나? 아참! 자넨 저들에게 잘
못된 정보를 주었었지? 그걸 깜빡하고 내가 말을 해버렸군."

그들의 얘기를 듣고 있던 오희련이 깜짝 놀라 물었다.

"그게 무슨 말이죠? 지부장님이 저희에게 잘못된 정보를
주다니요?"

"그건 저기 손수민이 잘 알고 있지. 그녀에게 물어봐라."

손수민을 힐끗 본 오희련이 다시 선우연에게 눈길을 돌렸
다.

"당신에게 직접 듣고 싶어요."

"뭐, 정 원한다면. 원래 보고가 들어오기로는……."

목승탁이 선우연의 말을 끊었다.

"됐네. 그 얘기는 내가 따로 하겠네."

"따로 할 기회가 있을까?"

"무슨 말인가?"

선우연은 의미 모를 웃음을 지으며 오희련을 봤다.

"눈치챘겠지만 목 지부장은 너희들에게 잘못된 정보를 주
었다. 너희 능력으로 도저히 감당할 수 없는 세해귀가 우글거
리는 곳에 너희들을 던져 버렸지. 이유가 무엇이겠느냐?"

"······."

"너희들, 정확히 말하면 오희련 널 죽이고 싶었기 때문이다."

"절요? 왜요? 난 잘못한 게 없는데?"

"보물을 가진 게 죄라는 말도 있지. 네게 있어 보물은 바로 네 능력이다."

오희련은 어리둥절해졌다.

"보잘것없는 제 능력 때문이라고요?"

"지금 넌 시간이 되지 않은 밤 같은 존재다. 아직 어둠이 오지 않았으니 밤이 얼마나 까만지 알 수 없지. 하지만 여기이 친구가 굳이 널 죽이려고 할 정도니 그 힘이 얼마나 대단할지는 짐작할 수 있겠지?"

"그렇게 말해봤자 제가 지부장님에 대해 아는 거라고는, 그가 만민수호문의 신야현 지부장이라는 것밖에 없어요."

"하지만 그 신분이 전부가 아니라는 것 정도는 눈치채고 있지 않느냐?"

"에둘러 말하지 말고 정체를 밝히는 건 어떤가요?"

"나와 함께 간다면 자연히 알게 될 것이다."

오희련이 뭐라 말을 하기도 전에 목승탁의 단호한 음성이 들렸다.

"그건 허락할 수 없네."

"내가 자네에게 허락을 구하는 것 같나?"

"구해야 할 걸세."

선우연의 얼굴이 굳어졌다. 평소에도 왠지 범접하기 힘든 눈빛을 가지고 있었는데, 지금 이 순간에는 그 눈을 보는 것만으로 다리에 힘이 풀릴 지경이었다.

"정녕 그리 나오겠단 말인가?"

지독한 기세를 내뿜는 선우연의 눈을 목승탁은 아무렇지 않은 담담한 눈빛으로 받았다.

"그동안 내 양보가 조금 과했던 것 같군."

두 사람의 거리는 서로 팔을 뻗으면 닿을 정도로 가까웠다. 만약 누군가 손을 쓴다면 눈 깜빡이는 걸 백 번쯤 쪼갠 짧은 시간 안에 상대에게 치명상을 입힐 수 있었다. 목승탁이나 선우연 모두 그럴 만한 능력을 가진 사람들이었다.

둘의 기세가 심상치 않았다. 그저 서로 바라보고 있을 뿐인데 주변의 대기가 그들을 향해 빨려 들어가는 것 같았다. 주시하고 있는 사람들의 숨이 턱턱 막혔다.

오희련과 손수민, 수련생들은 가슴이 너무 답답해서 입으로 숨을 쉬었고 시간이 조금 지나자 커다란 바위가 가슴을 짓누르는 것 같은 답답함을 느꼈다.

저 둘이 싸우면 어떻게 될지 상상하기가 쉽지 않다.

"훗!"

짧은 웃음과 함께 주변을 질식시키던 기운이 언제 그랬냐는 듯 깨끗하게 사라졌다. 웃음의 주인공은 목승탁의 어깨를 두드리는 선우연이었다.

"자네는 예나 지금이나 너무 심각해. 사실 우리가 결정할 문제는 아니잖나? 당사자가 바로 저기 있는데 말이야."

선우연의 손가락이 자신을 가리키자 오희련은 바늘에라도 찔린 것처럼 움찔 떨었다.

목승탁의 무감한 시선은 머리에서 떨어지는 얼음물 같았다. 그저 손짓과 눈길일 뿐인데 오희련은 자신이 말발굽에 이리저리 차이는 어린 강아지처럼 느껴졌다.

굵은 침을 삼키는 그녀를 향해 선우연이 물었다.

"나와 함께 가겠느냐, 아니면 여기 남아서 네 남은 명이 얼마나 짧은지 시험해 보겠느냐?"

오희련은 어쩌면 자신의 인생에서 가장 중요한 결정을 내려야 하는 순간인데 머릿속이 하얗게 탈색되어 아무것도 생각나지 않았다.

그러다 우연처럼 도무진을 보았다. 바닥에 드러누운 도무진의 시선은 그녀를 향해 있었다.

그 시선이, 우습게도 흡혈귀의 그 시선이 두 사람이 안겨준 불안함을 씻어주었다. 큰 숨을 쉰 오희련이 입을 열었다.

"당신을 따라가지는 않을 거예요."

선우연의 미간에 주름이 생겼다.

"널 죽이려 한 목 지부장의 품에 남겠다는 말이냐?"

"수민이를 강간하고도 그게 죄라고 느끼지 않는 당신 또한 그리 좋은 사람은 아니잖아요?"

"인간적이군. 하지만 인간이란 무릇 세상에서 가장 이기적인 동물이지. 날 따라오면 넌 네가 상상했던 것 이상의 힘을 가지게 될 것이다. 물론 널 취하지 않겠다는 것도 약속하지. 누구처럼 죽이려 하지도 않을 테고."

"당신의 어떤 약속도 제 마음을 돌릴 수는 없어요."

"설마 저 흡혈귀 때문이냐?"

목승탁이 더 이상 하기 싫은 선우연과의 대화를 끊어주었다.

"결정 났으니 이곳에서 자네 볼일은 끝난 것 같군."

그 축객령에 선우연은 한쪽 입가만 올린 작은 웃음을 머금었다.

"이곳 지부가 점점 좋아지고 있는데 떠나자니 서운하군. 어쩌겠나? 주인장이 가라고 하니 객이 싫어도 떠나는 수밖에."

도무진을 본 선우연이 말했다.

"무공은 계속 익혀라. 이런 말은 하고 싶지 않지만, 넌 내가 만난 사람… 뿐 아니라 세해귀까지 통틀어 가장 뛰어난 재능을 가졌느니라. 그리고 너."

선우연은 오희련에게 시선을 고정시켰다.

"우리의 인연은 아직 끝나지 않았다."

"당장 꺼져요!"

오희련이 버럭 소리를 지르자 선우연은 목승탁을 향해 손을 흔들며 멀어졌다.

"친구, 다음에 또 보세나."

그렇게 선우연은 떠났다. 하지만 그가 남긴 문제들은 여전히 신야현 지부에 남아 폭풍 전야의 긴장감을 드리우고 있었다.

＊　　　＊　　　＊

도무진은 탁자 위에 검을 놓고 목승탁 맞은편에 앉았다. 합석을 한다고 고집을 부리던 오희련은 충격에서 헤어 나오지 못한 손수민을 데리고 방으로 갔다.

둘만 남은 공간에 드리운 깊은 침묵을 깨뜨린 사람은 궁금한 것이 많은 도무진이었다.

"왜 희련이를 죽이려고 했지?"

가장 큰 의문을 풀려 했지만 목승탁은 도무진의 궁금증을 쉬이 풀어주려 하지 않았다.

"네가 상관할 바가 아니다."

"왜 상관이 없어!"

"오희련이 네게 무엇이냐?"

"그녀는……."

"살을 섞는 사이라고 말하려는 것이냐? 동전 오십 문에 몸을 파는 창녀도 그 정도 관계는 된다. 아니면 동료더냐? 네가 진정 만민수호문의 문도라고 할 수 있느냐?"

물론 오희련과의 관계가 목승탁의 말처럼 표면만 긁어 떨어지는 부스러기처럼 가볍지는 않았지만 그것으로 대화를 끌 생각은 없었다.

그에게는 얘기해 주지 않겠지만 오희련에게까지 비밀로 하지는 못할 테니, 나중에 그녀에게서 전해 들으면 그만이다.

"좋아, 하지만 이것만은 분명히 대답을 들어야겠어. 당신의 진정한 정체는 뭐지? 신야현 지부장이라는 헛소리를 할 생각은 하지 마."

도무진을 지그시 응시하던 목승탁이 입을 열었다.

"만민수호문을 경영하는 사람들을 부르는 이름이 있지. 아느냐?"

"칠 인의 성자. 황제의 이름은 몰라도 그 이름을 모르는 사람은 없지."

"내가 그중 한 명이다. 성자 화신(火神). 그가 바로 나다."

도무진은 그야말로 머리를 둔기로 맞은 것 같은 충격을 받았다. 목승탁이 보통 인물은 아닐 거라고 예상했지만 그처럼 높은 곳까지 생각하지는 못했다.

"노… 농담은 아니지?"

도무진이라서 그나마 이정도 반응이지 다른 사람 같았으면 의자를 붙잡고 뒹굴었을 것이다.

"세상에 누가 감히 칠 인의 성자를 사칭할 수 있겠느냐?"

하긴 그렇다. 황제의 수염을 잡아당기는 것이 목숨을 보존할 확률이 훨씬 높을 테니까.

세해귀가 세상에 등장하고 십 년 후 세워진 만민수호문은 지난 오백 년 동안 세상을 보호하면서 또한 군림의 그림자를 드리웠다.

그 오랜 세월 칠 인의 성자는 바뀌었으나 영향력과 권력이 달라진 적은 단 한 번도 없었다. 세월이 가고 사람이 달라졌는데 변하지 않는 힘이란 그래서 더 무서운 법이다.

더구나 칠 인의 성자는 두꺼운 장막 저 너머에 철저히 가려진 존재였다. 거기에 있다는 건 세상이 모두 알건만 현실이 아닌 전설로 내려오는 신화와 같은 이들.

보이지 않는 손으로 세상을 경영하던 일곱 명 중 한 명이 지금 도무진의 앞에 앉아 있었다. 그리고 틀림없이 선우연도 그들 중 한 명일 것이다.

그래서 물었고 '그는 성자 철제(鐵帝)다' 라는 대답이 돌아왔다. 천장에서 떨어진 먼지가 등잔불에 떨어져 옅은 소리로 타들어가는 짧은 침묵이 흐른 후 도무진이 입을 열었다.

"그렇게 대단하신 양반이 왜 여기 있는 거지?"

"너 때문이다."

"나? 고작 흡혈귀 때문에 칠 인의 성자 중 한 명이 여기 처박혀 있단 말이야?"

"고작 그 흡혈귀가 귀인문과의 싸움에서 가장 큰 공을 세울 테니까."

도무진은 고개를 저었다.

"아니, 거짓말이야. 내가 아무리 강해진다고 해도 당신들 발끝에도 미치지 못하겠지. 선우연은 언제든 내 목을 벨 수 있고 당신은 부적 한 장으로 날 먼지로 만들 수 있으니까. 그렇게 강한 사람들이 보잘것없는 내가 왜 필요하겠어? 안 그래?"

"절대 권력은 부패하게 마련이다. 오백 년이라는 세월은 본래의 청정함을 유지하기에는 너무 긴 시간이지."

"그 흔한 권력 다툼인가?"

목승탁과 선우연을 보면 그럴 가능성이 다분했다.

"만민수호문은 집안을 단속하기에도 벅차다. 문제는 그리 생각하는 사람이 나 하나뿐이라는 거지. 그사이 귀인문이 세상을 야금야금 갉아먹고 있는데 말이야."

"우습지도 않군. 귀인문이 만민수호문의 지부들을 쓸어버렸는데도 그 잘나신 칠 인의 성자는 밥그릇 싸움이나 하고 계시다니."

"그래서 네가 필요한 것이다. 내가 내부를 정리하는 동안 넌 귀인문을 맡아라."

"생각해 볼 것도 없는 제안이군."

"거절하겠다는 거냐?"

"당신들 일을 내게 떠넘기지 마. 난 내 한 몸 건사하기도 벅차니까."

일어서던 도무진은 이어지는 목승탁의 말에 다시 주저앉았다.

"최초의 흡혈귀를 찾아주마."

"어디 있는지 모른다고 했잖아?"

"지금 모르는 것뿐이다. 내가 찾으려고 마음먹으면 못 찾을 것 같으냐?"

중원에서 신의 다른 이름은 황제가 아니라 칠 인의 성자다. 그들에게 불가능이란 단어는 애초에 존재하지 않는다. 모두 그렇게 믿었고 그 모두에 도무진도 포함되어 있었다.

그러니 목승탁이 찾으려고 한다면 결국 찾아낼 것이다.

"네가 손해 볼 건 없다. 넌 최초의 흡혈귀보다 강해져서 결국 복수를 할 테니까 말이다."

"내가 지금 최초의 흡혈귀보다 강하다고 생각하나?"

비록 목승탁과 선우연에게는 한참 못 미치지만 그들이야 칠 인의 성자이니 당연했다. 그들을 제외하면 세상에서 그를 상대할 수 있는 존재가 그리 많지 않을 것이다. 자만이 아니라 그가 그동안 세해귀와 싸우며 얻은 객관적인 결론이었다.

하지만 목승탁의 고개가 좌우로 움직였다.

"어림없다. 내가 말하지 않았더냐. 최초의 흡혈귀는 내가 잡지 못한 유일한 세해귀라고."

"흡혈귀가 그렇게 강할 수 있단 말이야?"

"내가 그 많은 인간과 세해귀 중에서 널 고른 이유가 무엇이겠느냐?"

도무진의 시선은 목승탁을 향해 있었지만 그저 흐릿하게 보일 뿐 빈 허공에 머물렀다.

칠 인의 성자조차 쉽지 않은 상대. 과연 그는 그만큼 강해질 수 있을까?

그러다 문득 피식 웃음을 흘렸다. 자신은 무한의 세월을 가지고 있는 존재다. 하루에 조금씩 강해진다면 언젠가는 최초의 흡혈귀를 따라잡을 수 있을 것이다.

어떤 존재이든 강해지는 데 한계가 있을 테니 영원히 멀어질 수는 없는 법이다.

"희련이의 용서를 받아. 신뢰할 수 없는 인간은 세해귀보다 세상에 더 해로운 존재니까. 그 힘이 강하면 강할수록 더욱 그렇지."

"용서라……."

세상에 군림하는 자에게 타인의 용서는 낯선 일일 수밖에 없었다. 일어서는 도무진에게 목승탁이 말했다.

"내가 화신이라는 말은 아무에게도 하지 마라."

＊　　　＊　　　＊

"네?"

오희련은 방금 들은 말이 믿어지지 않아 다시 물었다.

"지금 몽마(夢魔)라고 하셨어요?"

"견딜 수 없는 욕정에 시달리는 것도 네가 몽마의 자식이기 때문이다."

"하… 하지만……."

그녀는 물고기처럼 입술을 벙긋거리다 겨우 말을 이었다.

"몽마는 사념(邪念)의 집합체잖아요? 아니, 실제로 있지도 않은 상상의 요괴 아닌가요? 마치 용이나 봉황처럼 말이에요."

"하나는 맞고 하나는 틀렸다. 사념의 집합체는 맞지만 신화 속의 존재만은 아니다."

"좋아요, 있다고 해요. 하지만 사념의 집합체가 어떻게 임신을 시킬 수 있는 거죠?"

"인간이 특별한 이유는 어떤 존재든지 다 받아들일 수 있기 때문이다. 인간에게 깃든 몽마가 여인을 취했고 아이를 밴거지. 사실 몽마의 자식은 인호의 자식보다 훨씬 귀하다. 인간에게 깃든 몽마에게 임신을 시킬 능력이 있다고 해도 씨를 받은 여인 또한 아주 특별해야 하니까."

오희련에게 어머니에 대한 기억은 없다. 기억할 수 있는 나이부터 거리에서 살았으니까.

구걸과 도둑질, 소매치기로 하루하루 성장을 했고 그녀의 끝은 거리의 창녀로 예정되어 있었다.

만민수호문의 간부가 탄 마차에 치이지 않았다면, 그 간부의 안목이 형편없었고 인정이 많지 않았다면, 그녀는 지금 어느 골방에서 사내들을 향해 가랑이를 벌리고 있을 것이다.

세상에 흔하고 흔한 계집애의 반전은 만민수호문에 의지하는 것으로 끝날 줄 알았는데, 지금 이 순간 느닷없이 몽마라는 존재가 튀어나왔다.

"제 어머니는 뭐가 그리 특별했던 거죠?"

"몽마의 씨를 잉태할 수 있을 정도의 음(陰)한 기운을 가지고 있었겠지. 하지만 오래 살지 못했을 것이다. 아마 널 낳다가 죽었겠지. 물이 낮은 곳으로 흐르듯 음의 기운은 고스란히 네게 전해졌을 테고, 본래의 기운을 잃는다는 건 결국 생기를 잃는 것과 마찬가지니까."

몽마를 아버지로 두고 어머니의 죽음을 거름으로 태어난 존재라니.

"그럼 전… 인간이 아닌 거네요?"

"글쎄, 완전하다고 볼 수는 없지만 그래도 거의 인간이라고 봐야지."

어떤 것을 규정할 때 '거의'라는 건 곧 아니라는 의미와 같을 수도 있다. 오희련은 그렇게 느꼈다.

평생 규정되어온 자신이 흔들렸는데 기분이 이상했지만 나쁘지는 않았다. 그래도 '거의' 인간이니까.

"그 외에 내게 특별한 게 또 뭐죠? 왜 그 기생오라비가 절 데리고 가려고 한 거예요?"

"이미 말했다시피 넌 음의 기운을 가지고 태어났다."

"흑술법사가 될 수도 있겠네요."

그녀는 장원에서 상대했던 흑술법사에 대해 얘기해줬다.

"널 그런 자와 비교할 수는 없지. 음한 사념체의 정수인 몽마의 씨와 가장 음한 인간의 음기를 한 몸에 지녔으니 세상에서 너보다 음기가 강한 사람은 없을 것이다."

"하지만 만민수호문에서 술법을 익힐 때는 왜 아무도 몰랐죠?"

"소매를 걷어봐라."

오희련은 시키는 대로 소매를 접었다. 그곳에는 하얀 피부 그대로였지만 보이지 않게 피혹부가 새겨져 있었다.

목승탁이 종이에 주사로 부적을 그렸다. 채 일 묘도 걸리지 않았을 정도로 손이 빨랐다.

"무슨 부적인지 모르지만 효과가 있을까요?"

부적은 단지 그림과 글씨만 똑같다고 같은 효과를 내는 게 아니다. 그리는 술법사의 의지와 법기(法氣)가 그 안에 깃들어야 하기에 최대한 정성스럽게 그려야 한다.

저처럼 빨리 그려서 효과를 내는 부적은 본 적이 없었다. 그런데 목승탁이 부적을 팔뚝 안쪽에 붙이자 부적이 화르륵 타올랐다. 깜짝 놀랐지만 화기는 느껴지지 않았다.

"봐라."

원래 있었던 피혹부가 사라졌다. 그런데 그곳에 붉은색으로 희미하게 뭔가가 나타났다. 몸에 새기는 부적 같은데 본 적이 없었다.

"이게 뭐죠?"

"네 음기를 가려주는 침음부(沈陰符)다."

"누… 누가 이걸……?"

"피혹부보다 오래 되었으니 네가 만민수호문에 들어오기

전 이미 새겨졌다고 봐야지."

혼란스러웠다. 침음부를 새겼다는 건 아마 그녀를 보호하려는 목적이었을 것이다. 하지만 만민수호문에 투신하기 전 그녀는 세상의 세찬 칼바람을 어린 몸뚱이로 고스란히 견뎌야 했다.

"그럴 리가 없어요. 이 세상에서 날 지켰던 건 오직 나 혼자였다고요. 누군가 날 보호해 주었을 리 없어요! 난 혼자였다고요!"

격앙된 그녀의 감정을 가라앉히듯 목승탁은 차분한 음성으로 말했다.

"누군가 네 팔에 침음부를 새긴 것은 틀림없다. 그걸 찾는 건 네 몫이 되겠지."

애써 마음을 가라앉힌 오희련의 목소리는 다시 낮아졌다.

"좋아요. 그럼 몽마의 자식인 제가 중요한 이유가 뭐죠? 제 재능 때문인가요?"

이제까지와 다르게 목승탁의 대답은 쉽게 나오지 않았다. 오희련을 보는 시선 깊숙한 곳에서 일어나는 갈등이 보였다.

"말해주지 않으면 기생오라비한테 가서 물어보는 수밖에요. 절 죽일 건가요?"

"그래. 널 죽이는 게 내게는 가장 간단한 방법이었다. 내 손으로 죽이는 건 도무진 그 녀석 때문에 안 되고. 후후… 우습군. 내가 누구 눈치를 보다니."

결심을 한 듯 목승탁의 입가에 드리웠던 웃음이 사라졌다.

"넌 아여의타심동법(我如意他心動法)을 익힐 수 있다."

"아여의… 뭐라고요? 그게 뭔데요?"

"다른 사람의 정신을 조종할 수 있는 술법이다. 몽마의 씨를 받은 음기의 화신이라고 할 수 있는 너만이 익힐 수가 있지."

"이해가 잘 안 되는데요. 의지가 약한 인간이라면 지금도 술법으로 조종할 수 있잖아요?"

"'의지가 약한'이라는 단서가 붙잖느냐? 하지만 아여의타심동법은 어떤 인간이라도 조종할 수 있다."

"지부장님이라도요?"

대답을 찾는 듯 목승탁은 잠시 뜸을 들였다.

"네 능력과 그때의 상황에 따라 다르겠지."

"어쨌든 가능하다는 뜻이네요?"

"그렇다."

"그럼 기생오라비가 절 데려가려고 했던 이유는 제가 그 아여의……."

"아여의타동심법이다."

"그래요, 그 길고 어려운 이름의 술법을 익힐 수 있어서겠네요?"

"십중팔구는 그렇겠지. 누군가의 정신을 조종할 수 있다는 건, 경우에 따라서는 세상을 조종할 수 있다는 뜻도 되니까. 아여의타동심법은 그래서 세상에서 가장 위험한 술법일 것이다."

"그 술법이 세상에 나오는 걸 방지하기 위해 절 죽이려고 했던 거군요?"

목승탁이 대답이 없자 오희련이 다시 물었다.

"그 술법은 어떻게 익힐 수 있죠?"

"모른다."

"네?"

"술법의 존재만 알 뿐 나조차 한 번도 접해보지는 못했다. 하지만 선우연 그 친구가 널 데려가려고 했던 것을 보면 그가 가지고 있을 수도 있지."

"그럼 아여의타동심법을 익히려면 내가 기생오라비와 함께해야 한다는 거네요?"

"정말 그 술법을 익히고 싶으냐?"

누군가를 마음대로 조종한다는 건 일견 대단히 매력적인 사건이다. 만약 황제를 손아귀에 쥐고 있다면 세상 무엇이 부럽겠는가?

하지만 그것은 어쩌면 살인보다 잔인한 행위일 수도 있다. 육체는 살아 있으나 정신은 오롯이 술법사의 것이니 살아도 산 것이 아니다.

그리고 오희련은 한 번도 누군가를 조종하고 싶다는 생각은 해본 적이 없었다. 그저 자신의 삶만 자신의 의지대로 살았으면 하는 게 그녀의 바람이다.

"딱히 매력적이지는 않네요."

"다행이군. 그럼… 험! 그러니까……."

"무슨 말씀을 하려고 그리 뜸을 들이는 거예요?"

"네가 나갔던 이번 임무 말이다. 어쨌든 그건 내 의도였는데……."

"흉측하고 잘못된 의도였죠."

목승탁은 목각 인형처럼 어색하게 고개를 끄덕였다.

"보기에 따라서는 그럴 수도 있지."

"상하좌우 어디에서 보든 잘못된 거예요!"

"그래, 인정하마. 그러니 이번 일은 잊어주면 좋겠구나."

오희련이 게슴츠레한 눈으로 목승탁을 봤다.

"사과를 하는 거예요?"

"뭐… 그렇다면 그럴 수도 있고……."

"그게 뭐예요! 사과를 하려면 똑바로 해야 할 거 아니에요! 날 죽이려고 했으니 무릎이라도 꿇어야죠!"

"무… 무릎? 내가? 만민수호문 칠……."

"칠 뭐요? 지부강님이 칠 인의 성자라도 된다는 거예요?"

"아니, 그건 아니고."

"좋아요. 지부장님 무릎을 꿇려봤자 뭐하겠어요? 하지만 이 일에 대한 보상은 받아야겠어요."

무릎을 꿇지 않아도 된다는 사실에 안도하듯 목승탁은 재빨리 물었다.

"원하는 게 뭐냐?"

오희련은 바지 뒤춤에 꽂아두었던 술법책을 꺼내 탁자 위에 놓았다.

"망니적술법?"

"이번 사냥을 갔다가 사냥당했던 곳에서 주운 거예요. 잠깐 봤는데 대체 무슨 뜻인지 전혀 모르겠어요."

"이걸 해석해 주면 이번 일은 잊어주겠다는 거지?"

오희련이 으르릉거리는 목소리로 말했다.

"고작 이걸로 퉁칠 생각은 꿈에도 하지 마세요."

쩝 입맛을 다신 목승탁은 책장을 넘겼다. 한 장, 두 장 넘어가는 사이 심드렁하던 목승탁의 표정이 점점 굳어졌다. 오희련은 그 표정만으로 망니적술법이 평범한 술법책이 아니라는 걸 알 수 있었다.

책장을 중간쯤 넘기던 목승탁이 책을 덮었다.

"이걸 우연히 주웠단 말이냐?"

"네, 그 집 서재에서요."

"이상한 점은 없었느냐?"

오희련은 어깨를 으쓱해서 별다른 건 없었다는 몸짓을 보였다. 목승탁은 검지로 탁자를 두드리며 책을 뚫어지게 쳐다보았다. 미간의 짙은 주름과 꾹 다문 입술에서 그의 치열한 고민을 엿볼 수 있었다.

한참을 기다리다 결국 참지 못한 오희련이 물었다.

"대체 뭐예요?"

"흑술법이다."

흑술법사의 집에서 나온 술법서이니 이상할 건 없었다.

"그런데요?"

"이건 삼불술법서(三不術法書)라고 전해지는 책이다. 읽을 수 없어서 불독(不讀)이고 배울 수 없어서 불습(不習)이며 깨달음을 얻을 수 없어서 불득(不得)이다."

"그게 다는 아니겠죠? 그거 가지고는 아무 의미가 없잖아요?"

"흑술법사에게 이 술법서는 용에게 여의주와 같은 것이다. 지난 오백 년간 이 술법을 익혔던 사람은 단 한 명뿐이었다."

"그게 누군데요?"

"넌 말해도 모를 것이고 지금은 죽은 사람이다. 번천 역사상 다섯 손가락 안에 들 정도로 강한 술법사였지."

"그런 사람이 알려지지 않았다고요? 왜요?"

그녀의 물음에 목승탁은 침묵으로 일관했고 두 번 더 물었지만 대답은 나오지 않았다. 그래서 다른 걸 물었다.

"제가 익힐 수는 있는 건가요?"

"정말 이걸 익히고 싶으냐?"

"지부장님이야말로 제가 익히기를 바라는 거 아닌가요?"

"그건 무슨 말이냐?"

"만약 그런 마음이 없었다면 굳이 이 술법서에 대해 말씀해 주실 필요가 없었잖아요. 평소의 그 정나미 떨어지는 무표정한 얼굴로 '모르겠다'라고 했으면 전 읽을 수도 없으니 아궁이의 불쏘시개로나 썼겠죠. 안 그래요?"

먼 기억을 더듬는 듯 목승탁의 시선이 흐릿해졌다.

"그런가?"

어쩌면 술법서의 주인을 생각하고 있는지도 모른다.

"이 술법을 익히면 많은 적이 생길지도 모른다."

"강하면 두려울 것도 없죠."

"생각을 좀 해보자."

"뭘 생각한다는 거죠?"

"망니적술법이 우연히 네게 전해졌다고 믿기 어렵다. 이 술법을 익히기 가장 적합한 너에게 말이다."

"누군가의 음모가 있단 말인가요? 지부장님의 음모처럼?"

"내 계획은 명확했지만 지금 네게 떨어진 천운 같은 우연은 모호하다. 난 그 모호함에 대해 생각할 시간이 필요하다."

말 몇 마디로 당장 목승탁의 생각을 돌릴 수는 없을 것이다. 그래서 그녀는 일어섰다.

"알았어요. 한 시진 안에 결정해 주세요. 제가 떠날 준비를 할 시간이 그 정도일 테니까요."

방을 나서려는 그녀에게 목승탁이 말했다.

"감당할 수 없는 행운은 재앙이 될 수도 있다."

"행운이든 재앙이든 지부장님이 아니라 제 몫이에요."

제14장
돌이킬 수 없는 밤

"난 남는다."

가장 먼저 황보욱이 신야현 지부에 머물 것을 결정했다. 매사에 불만 가득한 황보욱이었기에 다들 의외라는 표정이었다.

"우릴 죽이려고 했던 사람 밑에 계속 있겠다고?"

소희진의 물음에 황보욱은 예의 그 뚱한 얼굴로 대답했다.

"그 사람들 봤잖아? 한 명은 흡혈귀지만. 넌 그렇게 강한 자들을 본 적이 있어? 네가 속한 화산파에서나 심지어 만민수호문에서조차 말이야."

"그 흡혈귀를 어찌 우리 장문태사숙께 비교하겠어?"

"화산파의 자존심이야 익히 알고 있지만 너희 문파에서 그 흡혈귀를 상대로 승리를 장담할 수 있는 분이 있을까? 우리 솔직해지자고."

"홍! 너희 황보세가와 우리 화산파를 나란히 비교하지 마."

자존심이 상할 말인데 황보욱은 아무렇지 않게 대꾸했다.

"내가 여기 남으려는 건 그 흡혈귀가 아버님보다 강하기 때문이야. 여기서 나가면 다른 지부로 가게 될 텐데, 어디에 이처럼 강한 사람들이 있겠냐? 상전이 강하다는 건 우리도 강해질 수 있다는 의미잖아. 안 그래?"

"내가 보기엔 죽을 확률도 그만큼 높을 것 같은데?"

"생존이야 각자의 몫이지."

소희진이 모용한영에게 물었다.

"넌 어떻게 할 거야?"

"남아야지. 보욱이와 같은 이유로."

"하아! 다들 강해지는 데 환장을 했군."

"무림에서 살아가는 이유가 그것이니까."

소희진의 시선이 남혜령에게로 향했다. 그녀는 중간에 기절을 한 것이 내내 미안해서 의자 위에 쭈그리고 앉아 침묵만 지키고 있었다.

"여보살 혜령이는?"

"응? 그… 글쎄."

"우유부단하게 그러지 말고 딱 부러지게 결정을 하란 말이야!"

모용한영이 소희진의 날카로움을 막아주었다.

"당장 결정을 내려야 하는 것도 아니잖아. 하루 이틀 생각할 시간을 갖자. 그게 너에게도 좋을 테고."

소희진이 막 뭐라고 대꾸를 하려는데 문이 열리고 오희련이 얼굴을 쑥 들이밀었다.

"다들 빨리 자. 내일부터 힘들 테니까."

남혜령이 깜짝 놀라 물었다.

"또 사냥인가요?"

"너희처럼 약해 빠진 녀석들 데리고 사냥은 무슨. 내 등을 맡길 수 있을 때까지 굴러야지."

"내일부터 수련을 한단 말씀이에요?"

"술법은 지부장님이, 검법은 오라버니가 가르칠 테니까 각오하는 게 좋을 거야."

물어볼 말이 많았는데 오희련은 휑하니 사라져 버렸다. 황보욱이 느릿하게 일어서며 말했다.

"죽을 뻔한 보람이 있었네."

＊　　　＊　　　＊

도무진은 손수민을 물끄러미 내려다보고 있었다. 잠들 때까지만 곁에 있어달라고 부탁한 손수민은, 그러나 도무진의 손을 너무 꼭 쥐고 있어서 행여 잠에서 깰까 봐 그 손을 놓지 못하고 같은 공간을 지키게 만들었다.

바닥을 들어내고 만든 좁은 공간에 앉아 있자니 손수민에 대한 측은지심이 일었다. 가장 편안해야 할 잠자리조차 불안으로 얼룩진 그녀의 삶은 과거의 늪에 빠져 허우적대는 사슴 같았다.

도무진은 그렇게 같은 자세로 손수민의 곁을 밤새 지켜주었다. 흡혈귀가 되면서 그토록 잃지 않으려 애썼던 인간성은, 먼지처럼 작은 부분만 남은 줄 알았는데 자신의 생각보다 가려졌던 부분이 많았던 모양이다.

동창이 노랗게 물들 때쯤 손수민이 깼다. 밤새 손을 잡아주고 있던 도무진을 보고도 놀라지 않은 건, 도무진이라면 그리 해줄 것이라는 믿음이 있었기 때문이다.

"오라버니 꿈을 꿨어요."

막 잠에서 깬 탓에 그녀의 목소리는 잠겨 있었다.

"무슨 꿈인데?"

잠시의 망설임도 없이 나온 그녀의 대답에 도무진은 물어본 것을 후회했다.

"오라버니와 결혼하는 꿈이요."

행복한 웃음까지 머금은 그녀의 얼굴 때문에 할 말을 찾지 못하는 사이 손수민이 말을 이었다.

"너무 좋았어요. 꿈이라는 걸 알았을 때는 슬펐지만 곧 괜찮다고 생각했죠. 현실에서 이룰 수 있는 꿈이니까요. 그렇죠?"

"그렇죠, 라는 건⋯⋯?"

"우리 결혼해요."

도무진은 화들짝 놀라 손수민의 손을 놔버렸다. 그러자 해를 잃어버린 해바라기처럼 그녀의 표정이 어두워졌다.

"싫어요?"

"이봐, 그건⋯⋯."

"희련 언니는 어떻게든 제가 설득할게요. 그리고 앞으로 오라버니에게 다른 여자가 생긴다고 해도 얼마든지 받아들일 수 있어요. 영원히 사는 오라버니에게 한 여자를 강요하는 건 이기적인 거잖아요."

"그런 문제가 아니잖아."

"그럼요?"

물음을 던진 손수민은 놀란 표정을 지었다.

"설마 절 좋아하지 않는 건가요?"

"좋아하는 길 끝에 꼭 결혼이라는 집이 있는 건 아니다. 남

녀의 결혼은 그것보다 훨씬 복잡하고 인간과 흡혈귀라면 복
잡함보다는 불가능이란 단어가 어울리겠지."

"이 세상에 이뤄지지 않는 일이란 없다는 걸 오라버니도
잘 알잖아요?"

도무진은 놓았던 손수민의 손을 다시 잡았다.

"지금 네 감정은 그저 순간적인 것일 뿐이다. 내 말 믿어
라. 시간이라는 약이 네 상처를 치료하면 오늘의 이 일이 그
저 우습게 느껴질 것이다."

"아뇨. 전 오라버니여야 해요. 다른 누구도 필요 없어요."

도무진의 거절에 금방이라도 울음을 터뜨릴 것 같은 얼굴
에는 결연한 의지도 함께 보였다. 지금 아무리 얘기해 봐야
소귀에 경 읽기라는 걸 알기에 도무진은 손수민의 어깨를 두
드려 준 후 자리를 떴다.


지하실로 내려간 도무진은 선우연과의 싸움을 곰곰이 복
기해 보았다. 그는 선우연이 전수해 준 대연만수공을 펼쳤지
만 정작 선우연 본인은 초식과 상관없이 움직였다.

검을 잡을 수만 있다면 누구나 휘두를 수 있는 딱 그런 움
직임뿐이었다. 그런데도 도무진은 선우연 앞에서 철저한 약
자였다.

무엇이든 극에 달하면 무로 돌아가듯 선우연도 그런 경지

에 이르렀을 것이다. 칠 인의 성자라면 그 강함이 이해가 되었다.

여느 인간들의 몇 배의 속도로 강해진 도무진이었지만 선우연의 그 강함에 도달할 자신은 없었다.

'역시 칠 인의 성자는 선택받은 자들인가?'

아마 그럴 것이다. 목승탁 또한 부적 한 장으로 그를 꼼짝 못하게 할 정도이니 그들은 이미 인간의 능력을 벗어난 존재들이다.

그런 목승탁조차 쉽지 않은 존재인 최초의 흡혈귀만큼 강해지려면 얼마나 많은 세월이 필요할까?

영겁을 사는 흡혈귀라 할지라도 세월의 고단함은 고스란히 고통으로 떠안아야 한다.

아마 그래서일 것이다. 흡혈귀가 자연 인간성을 상실하는 것은. 인간의 성품을 오롯이 간직한 채 영원을 견디려 한다면 필경 미친 흡혈귀가 되어버릴 테니까.

쾅! 쾅!

철문 두드리는 소리에 이어지던 상념이 깨졌다.

"오라버니! 문 열어!"

오희련의 앙칼진 목소리가 들렸다. 그가 잠긴 문을 열자 얼굴이 보이기도 전에 성난 음성이 파고들었다.

"수민이 말이 사실이야?"

미간에 잡힌 짙은 주름과 한 뼘은 올라간 것 같은 눈꼬리, 꽉 말아 쥔 손마디는 하얗게 탈색되었다. 온몸으로 보여주는 그녀의 분노 속으로 파고드는 도무진의 목소리는 낮고 차분했다.

"그녀가 무슨 말을 했는데?"

"오라버니와 결혼하기로 했다면서?"

피식 하고 웃음이 나왔다.

"지금 이게 웃을 일이야?"

"그 애가 청혼을 했고 난 거절을 했다. 그게 다야."

"하지만 수민이 말은 금방이라도 오라버니와 결혼을 할 것 같던데?"

"지금이야 충격 때문에 제정신이 아니지만 머잖아 정신을 차리겠지. 그 정도 분별력은 있을 테니까."

그제야 주먹에 힘을 푼 오희련이 긴 한숨을 쉬었다. 안도보다는 걱정이 섞인 한숨이었다.

"글쎄, 워낙 상식을 벗어난 애라서. 으… 이 계집애. 안 그래도 머리 아픈데 내 속을 시커멓게 태우는구만."

돌아서려던 오희련이 말했다.

"그런데 만약 말이야……."

그녀가 우물쭈물하자 도무진이 물었다.

"무슨 얘길 하려고 뜸을 들이는 거냐?"

"오라버니가 수민이에게 마음이 있다면… 뭐 실제로 결혼하는 건 말도 안 되지만 어쨌든 그 애를 좀 위로해주는 건 괜찮을 것 같아."

"글쎄, 내가 할 수 있을지 모르겠군."

오희련이 걱정스러운 기색으로 말했다.

"여자가 겪을 수 있는 가장 힘든 일을 당했으니 그 상처가 쉽게 낫지는 않을 거야. 필요하다면 내가 좀 양보할 수도 있고."

"양보를 하다니? 뭘?"

"그걸 꼭 말로 해야 알아?"

"말을 해야 알지 우리가 정신으로 대화할 수 있는 기술을 가지고 있는 것도 아니고."

"어휴! 남자들이란. 나중에 수민이하고 그렇고 그런 상황이 오면 알게 되겠지. 오늘부터 견습생들 훈련시키는 거 잊지 마."

"그거 꼭 내가 해야 하는 거냐?"

"약속했잖아."

엉겁결에 고개를 끄덕이기는 했지만 썩 내키지 않는 일이었다. 누군가를 가르치는 건 도무진에게 너무 낯선 행위였다.

"그리고 수민이한테 가봐. 오늘 하루 종일 작업실에만 틀어박혀 있으니까."

골치가 지끈지끈 아팠다. 인간성을 상실할까 봐 두려워하던 때가 오히려 그리울 지경이었다.

그래도 손수민이 걱정스러웠기 때문에 그녀의 작업실로 향했다. 가는 도중 복도에서 백은선을 만났다. 근래 들어 그녀의 안색은 창백하다 못해 푸르게까지 보였다.

언제나 그렇듯 백은선은 도무진을 만나면 그저 고개만 살짝 숙이고 지나쳤다. 그들에게는 피를 주고받는 이상의 어떤 교류도 허락되지 않은 것 같았다.

백은선이 모퉁이를 돌 때까지 뒷모습을 지켜보던 도무진은 다시 걸음을 옮겼다. 백은선은 틀림없이 죽어가고 있었다. 흡혈귀의 먹이로 생의 끈이 점점 짧아지는 그녀의 삶.

기분이 좋지 않았다. 만민수호문에 들어온 후 여러 사람과 부딪치고 섞이는 사이 잃어버렸던 인간성의 잔재들이 다시 엉겨 붙어 불씨를 만드는 것 같았다.

그가 인간이었을 때는 가족들의 사랑과 성공의 희망 속에서 행복했었다. 그래서 인간성이란 참 좋은 것이었는데 지금의 인간성은, 애정까지도 번민과 고민으로 점철되었다.

손수민의 작업실에 도착해서 막 문을 두드리려는데 안에서 인기척이 들리더니 문이 열렸다.

"어? 오라버니?"

작업실을 나서는 손수민은 자기 몸뚱이만큼이나 커다란

봇짐을 등에 지고 있었다.

"그건 뭐냐?"

손수민이 도무진을 지나치며 말했다.

"어딜 좀 다녀오려고요."

"어딜?"

"생각해 보니 제가 어리석었어요."

이제라도 깨달은 것 같아 다행이다.

"그렇다고 떠날 필요는 없잖아."

"최대한 빨리 돌아올게요. 결혼식이 너무 늦으면 안 되니까요."

"응?"

"지금의 전 오라버니에게 짐일 뿐이에요. 일방적으로 보호받는 관계는 오래 갈 수 없잖아요. 저도 오라버니에게 힘이 될 수 있는 존재가 되어야죠."

짐이 무거워 뒤뚱거리는 손수민의 모습은 우스웠지만, 그녀의 의지는 도무진이 느낄 수 있을 정도로 단단했다.

"수민아, 잠깐······."

갑자기 휙 돌아서는 손수민의 얼굴은 굳어 있었다. 평소와 다른 서늘한 시선으로 도무진을 보는 그녀의 입술이 잘게 떨렸다.

울음이라도 터뜨리려고 하는 것 같은데 다행히 그녀의 입에서는 가는 한숨만 나왔다.

"희련 언니 말대로 제가 억지 부린다는 거 알아요. 하지만 사람의 마음이란 언제 어떻게 변할지 알 수 없잖아요? 오라버니도 좀 더 열린 마음으로 절 기다려 주세요."

의젓한 말을 남긴 그녀는 총총걸음으로 대청을 빠져나갔다. 햇볕 속으로 걸어가 말에 짐을 싣는 손수민을 도무진은 그저 보고 있을 수밖에 없었다.

"어딜 간다고 하더냐?"

뒤에서 들린 음성에 깜짝 놀란 도무진은 목승탁을 발견하고 고개를 저었다.

"모르지."

"흡혈귀에게 여난(女難)이라. 왠지 어울리는 것 같기도 하고."

"이게 모두 영감과 그 기생오라비 때문이니까 나중에 무슨 일 생기면 책임져야 할 거야."

"그래. 결혼식은 성대하게 치러주마."

"그 얘기가 아니잖아!"

목승탁이 뒷짐을 지고 멀어지며 말했다.

"인석아, 나도 내 코가 석 자다. 그 콧물 찔찔 흐르는 녀석들을 어찌 가르친단 말이냐. 에휴!"

짧은 비명과 함께 바닥을 뒹군 황보욱은 담을 따라 심어진 나무에 거칠게 부딪친 후 멈췄다.

"다음."

잔뜩 긴장한 표정의 모용한영이 두 손으로 검을 쥐고 앞으로 나섰다. 코와 입가에는 피가 흘렀고 보이지는 않지만 족히 열 군데는 피멍이 들었을 것이다. 그러니 죽음을 걸고 싸우는 것 같은 그녀의 표정이 이해됐다.

한 걸음을 크게 내디딘 모용한영은 도무진의 허리를 향해 검을 휘둘렀다. 하지만 검은 푸른 옷자락도 건들지 못한 채 중간에서 멈췄다. 앞으로 걸음을 크게 내디딘 도무진이 주먹으로 그녀의 턱을 때린 것이다.

크게 흔들린 그녀가 철퍼덕 주저앉았다. 꽤나 심한 타격이었는데도 도무진은 무감정한 음성을 뱉어냈다.

"다음."

황보욱은 도무진에게 덤비는 대신 모용한영의 안위를 살폈다.

"괜찮아?"

고개를 흔들어 정신을 차린 모용한영이 황보욱의 손을 뿌리쳤다.

"아무렇지 않아."

"앉아서 노닥거릴 거면 이만 끝내고."

언제나 이런 식이다. 도무진은 그들의 검법이나 권법에 대해 아무 말도 해주지 않았다. 무작정 덤비라고 한 후 이처럼 때려눕히는 일만 반복되었다.

지난 나흘간 두 사람은 거의 초주검이 되었다. 도무진은 검으로 베지만 않을 뿐 적을 상대하는 것처럼 그들을 다뤘다. 귀찮은 그들을 두들겨 패서 스스로 나가떨어지게 만들려는 속셈이 분명했다.

나흘을 비 오는 날 먼지 나도록 맞으면서 배운 것조차 없다는 건 오기로 버티기에는 힘든 시간이었다. 더구나 도무진은 앞으로도 그들에게 뭔가를 가르쳐 줄 것 같지 않았다. 그것이 두 사람의 의지를 더욱 빠르게 깎아먹었다.

황보욱이 덤빌 차례였지만 자리를 박차고 일어선 모용한영이 먼저 몸을 날렸다. 그녀는 죽일 수 있으면 그리하겠다는 의지를 담아 검을 휘둘렀다.

하지만 결과는 역시 마찬가지였다. 그저 몸을 한 번 트는 것으로 검을 흘려 버린 도무진은 모용한영의 옆구리에 주먹을 쑤셔 넣었다.

비명조차 지르지 못한 그녀는 털썩 주저앉아 꺽꺽거리는 숨만 겨우 뱉어냈다.

"씨팔! 이거 너무하잖아!"

도무진의 시선이 욕을 하는 황보욱에게 닿았다. 잔뜩 화가 났던 황보욱이지만 그 시선은 겨울 새벽 맨몸으로 받는 서리보다 차가워서 절로 굵은 침이 넘어갔다.

"오늘은 여기까지. 포기하고 싶으면 그리해라. 아무도 말리지 않을 테니까."

도무진이 두 걸음을 옮길 때 모용한영의 낮은 음성이 들렸다.

"해가 중천인데… 끝내기에는 너무 이르잖아요."

돌아선 도무진은 낮지만 분명한 어조로 말했다.

"수련을 시작할 때 죽을 수도 있다는 내 말은 허언이 아니다."

"죽을 각오가 되어 있다는 제 말도 빈말은 아니었어요."

"좋아. 매일 시체가 쌓이는 무림에서 한두 명 더 죽어나간다고 변하는 것도 없겠지."

모용한영을 향해 다가가는 도무진을 보며 황보욱은 정말 저자가 자신들을 죽일지도 모른다는 두려움을 느꼈다.

하지만 모용한영은 죽음이 두렵지 않은 것인지, 도무진이 그래도 살수는 쓰지 않을 것이라고 믿는 건지 불나방처럼 달려들었다.

그런 그녀를 상대하는 도무진의 손속에는 인정이 없었다.

발과 주먹은 예사고 어떨 때는 커다란 검의 면으로 후려치기까지 했다.

일각 후 모용한영이 정신을 잃을 때까지 황보욱은 그저 우두커니 지켜보고만 있었다.

도무진의 시선이 자신에게 닿자 황보욱은 몸을 움찔 떨었다. '다음'이라는 말이 나올까 두려웠는데 도무진은 말없이 몸을 돌려 건물을 그늘을 향해 걸음을 옮겼다.

어떤 고된 수련도 이겨낼 수 있다고 믿었지만 이건 수련이 아니라 일방적인 폭행이다. 이대로 머물러야 하나? 라는 회의가 들 때 그늘에 한 발을 들여놓은 도무진의 걸음이 멈췄다.

잠시 그렇게 움직이지 않던 도무진은 천천히 몸을 돌렸다.

'젠장! 뭐야?'

다행히 도무진의 시선은 그를 향하지 않고 뒤쪽 높은 곳에 고정되었다. 품에 손을 넣은 도무진이 색안경을 꺼내 썼다. 황보욱은 도무진의 시선을 따라 고개를 돌렸다.

지부로 들어오는 대문 위, 기와가 얹어진 그곳에 한 사람이 앉아 있었다. 햇빛에 반사되어 반짝이는 백의를 걸친 그자는 품에 검을 안았고 도무진처럼 색안경을 쓰고 있었다. 색안경 아래쪽으로 뺨을 따라 길게 이어진 굵은 흉터가 인상적이었다.

"돌아왔군."

독백 같은 도무진의 말에 사내는 뜰로 뛰어내렸다.

"애들 가르칠 정도로 한가한 모양이군."

많아야 스물셋을 넘기지 않았을 것 같은 사내에게 애 취급을 당했지만 황보욱은 기세에 눌려 아무 말도 하지 못했다.

"어쩌다 보니."

그때 대청의 왼쪽에 있는 문이 열리더니 목승탁이 나타났다. 목승탁을 보자 사내는 가볍게 목례를 했고 목승탁은 고개를 끄덕여 인사를 받았다.

"외출이 좀 길었군."

"어쩌다 보니."

'앵무새 가족이야 뭐야?'


＊　　　＊　　　＊


요즘 밤에 술법 수련을 하고 있는 오희련은 해가 서산으로 많이 기울었을 때 일어나 남궁벽을 만났다. '안 죽고 살아 있었네'라는 시큰둥한 인사를 건네자 '내 명이 질겨서'라는 역시 아무 감흥 없는 대답이 돌아갔다.

"오랜만에 만났으니 술 한잔할까?"

오희련의 제안에 남궁벽은 흔쾌히 그녀의 방으로 따라갔

다. 합석 권유를 받은 도무진은 뭔가 불편한 얼굴로 사양했고 목승탁 또한 할 일이 있다는 핑계를 댄 후 집무실로 들어갔다.

겉으로 반가운 얼굴을 하지는 않았지만 남궁벽은 여러 번 함께 사선을 넘어온 동료였기에, 오희련은 남궁벽에게 그동안 지부에서 있었던 사건들을 들려주었다. 자신이 몽마의 자식이고 손수민이 선우연에게 강간을 당했다는 사실까지 알려 주었으니 더 이상 세세할 수가 없었다.

그래서 남궁벽도 자신에게 일어났던 사건을 솔직하게 밝혔다. 얘기를 하는 동안 남궁벽은 연거푸 술을 마셔서 술 한 병이 금세 동이 났다. 물론 대작을 하는 오희련도 보조를 맞췄기에 그녀의 얼굴은 술기운으로 벌겋게 물들어 있었다.

"그럼 흡혈귀가 된 거야?"

남궁벽의 고개가 좌우로 돌아가는 데는 약간의 시간이 걸렸다.

"그렇지는 않고 흡혈귀의 능력만 물려받았지."

이마에 주름을 만들고 생각을 하던 오희련이 물었다.

"질긴 생명력과 강인한 육체, 밤에 더욱 빨라지고 완벽하게 은신을 할 수 있다는 것 정도잖아. 성체가 된 흡혈귀는 좀 다르겠지만 어쨌든 무림인이라면 특별히 강해질 것도 없을 것 같은데?"

남궁벽은 잔에 가득 찬 술의 반을 비웠다.

"앞으로 확인할 기회가 생기겠지."

"왠지 자신감이 넘치는데?"

남궁벽은 그저 웃기만 했다. 장난기가 발동한 오희련이 남궁벽의 바지 앞섬을 가리키며 은근한 목소리로 물었다.

"그럼 거기 능력도 향상됐겠네?"

얼굴을 붉히며 버럭 소리를 지를 줄 알았는데 남궁벽은 짐짓 능글맞은 표정을 지으며 말했다.

"직접 확인해 보든가."

'어쭈?'

적당히 취기가 오른 탓인지 장난을 여기서 끝내고 싶지는 않았다.

"바른생활 사나이가 집 나갔다 오더니 탕자가 되셨네?"

오희련은 남궁벽의 가슴으로 손을 가져갔다. 그저 손길이 느껴질 정도로 가볍게 문지르는데 남궁벽의 심장 고동이 느껴졌다. 술 때문인지 아니면 그녀의 손길 탓인지 그의 심장은 가슴을 뚫고 튀어나올 것처럼 쿵쾅거렸다.

'그럼 그렇지'라는 생각과 함께 그녀의 손이 아래로 미끄러졌다.

"오늘 누나가 진짜 남자를 만들어 줄까?"

정말 그저 장난이었다. 그런데 갑자기 남궁벽이 손을 잡더니 확 끌어당겼다. 그녀의 몸이 앞으로 휘청 꺾이고 이어서 입술에 익숙하지만 익숙하지 않은 감촉이 느껴졌다.

생각할 틈도 없이 이뤄진 입맞춤은 오희련을 적이 당황시켰다. 그 상대가 다른 사람도 아닌 남궁벽이라서 더욱 그랬다. 그녀는 자신도 모르게 남궁벽의 뺨을 후려쳤다.

날카로운 소리가 한참을 떠돌다 사라진 후에야 오희련이 더듬거리는 목소리를 뱉었다.

"이… 이게 무슨 짓이야?"

"네가 원한 게 아니었나?"

"난 그… 그저……."

"장난이었다고?"

남궁벽의 유난히 심각한 얼굴에 오희련은 굵은 침만 삼켰다.

"넌 언제나 내가 장난이었냐?"

그녀는 남궁벽의 눈 속에서 일렁이는 열망을 보았다. 그녀를 보는 남자들의 욕망과 비슷하지만 같을 수 없는, 다른 감정이 섞인 시선이다.

오희련이 연신 마른침만 삼키고 있자 남궁벽이 다시 입을 열었다.

"난 한 번도 널 장난으로 대한 적이 없다."

너무 진지한 남궁벽은 그녀를 불편하게 만들었다. 그래서 애써 웃음을 지었는데 얼굴에 꿀이 잔뜩 발라진 것처럼 어색하기 그지없었다.

"무… 무슨 소릴 하는 거야? 넌 언제나 내가 헤프다고 야단만 쳤잖아?"

"그래서 가슴이 아팠지. 자꾸 멀어지는 널 잡을 용기가 없는 내가 한심했고."

남궁벽의 손이 당겨지고 어느새 오희련은 그의 단단한 무릎 위에 앉아 있었다.

서서히 다가오는 남궁벽의 숨결을 느끼며 그녀는 눈을 감아버렸다. 두 사람 사이의 이 열망이 옳지 않은 것 같지만 그녀는 애써 외면해 버렸다.

그녀도 알고 있었기 때문이다. 도무진을 만나기 전부터 남궁벽을 향한 마음이 있었다는 것을.

\*　　　\*　　　\*

"수련 시간은 지났다."

늦은 시간 지하실로 찾아온 모용한영에게 도무진이 한 말이었다. 하지만 그녀는 도무진을 지나쳐 지하실 계단을 밟아 내려갔다. 등에 맨 검이 엉덩이에 부딪쳐 철컥철컥 소리를 냈다.

지하실 중앙에 다다른 모용한영은 검을 뺀 후 검집을 저만치 던져 버렸다. 오늘 이곳에서 살아 돌아가지 않겠다는 무사의 의지를 보여주려는 것 같았다.

"정확한 대답을 듣고 싶어요. 해줄 수 있나요?"

"질문부터."

"저희에게 무공을 가르쳐 줄 건가요?"

"실전이 가장 좋은 수련이다."

모용한영은 도무진의 얼굴을 향해 검을 겨눴다.

"물론 그렇죠. 하지만 몸도 뒤집지 못하는 어린애에게 지구력을 키우기 위해서는 달리기가 최고다라고 아무리 말해봤자 소용없는 짓 아닌가요? 지금 저에게는 당신과의 실전에서 배울 수 있는 게 아무것도 없다고요."

도무진은 검을 들고 모용한영과 일 장 거리를 두고 섰다.

"지난 나흘 동안 네가 펼쳤던 무공이 모용세가의 모든 것이냐?"

"모용세가의 무공은 그보다 깊고 신묘해요. 전 그저 수박 겉만 핥았을 뿐이죠."

도무진은 검 끝이 땅과 한 치 정도 떨어지도록 검을 내려뜨렸다.

"지금부터 내 공격을 막아봐라."

도무진의 왼쪽 발이 앞으로 크게 디뎌졌다. 평소 그의 움직임보다 훨씬 느렸고 검에 힘도 없었지만 맞서 싸워야 하는 모용한영에게는 그조차도 버거웠다.

찌르고 베고 도는 도무진의 동작에 맞춰 방어를 하는데 자꾸 초식이 꼬이고 보법이 흐트러졌다. 그저 힘겨운 게 아니라 중간에 호흡이 조각조각 부서지는 것 같은 느낌이었다.

이각이 지나고 나서야 비로소 도무진이 펼치는 무공이 다름 아닌 모용세가의 것이라는 걸 알아봤다.

그녀가 무려 이각이 지나서야 눈치를 챈 것은 검법이 모용세가의 것과 똑같지 않아서였고 당연히 위력도 달랐다.

도무진이 펼치는 현문구검술(玄門九劍術)은 아홉 개의 초식이 마치 하나처럼 끊임없이 이어졌고 섬광분운검(閃光分雲劍)은 정말 하늘의 구름이라도 쪼갤 수 있을 만큼 빠르고 날카로웠다.

쌍용선풍검(雙龍旋風劍)과 건곤백절검해(乾坤百絶劍解)가 이어질 때는 감히 맞서서 싸울 엄두도 나지 않았다.

모용한영은 이마를 바늘로 찌르는 것 같은 아픔을 느끼고 나서야 퍼뜩 정신을 차렸다.

"모용세가의 무공이 맞느냐?"

도무진의 검 끝이 그녀의 이마에 닿아 있었다. 모용한영이 대답을 못 하자 도무진이 검을 내렸다. 그제야 그녀는 고개를 끄덕였고 이내 좌우로 가로저었다.

"같지만 달라요. 그건 당신도 알잖아요?"

"내가 방금 펼친 무공이 모용세가의 극의(極意)에 가까우냐?"

"모르겠어요. 솔직히 모용세가의 완전한 검법을 본 적이 없으니까요. 그걸 알려줘야 할 분들은……."

모용한영은 하던 얘기를 삼켰다. 이 얘기를 하자면 아주 길어지고 가문의 아픔을 고스란히 토해내야 하기 때문이다. 다행히 도무진은 더 이상 묻지 않았다.

"좋은 검법이더군."

"제가 펼친 검법을 보고 그 모든 걸 익힌 건가요?"

바보 같은 질문이다. 도무진이 언제 모용세가의 검법을 봤겠는가? 하지만 상대가 펼친 검법을 보고 그걸 익히는 것은 물론 더 발전시킨다는 건 무림인의 상식에서 벗어나는 것이다.

초식이란 단순히 동작만을 의미하는 것이 아니라 그 동작에 맞춘 내공의 운용이 동반되어야 하기 때문이다. 어떤 집단의 검법과 내공심법에 독문(獨門)이라는 이름이 괜히 붙는 게 아니다.

"이상해할 것 없다. 내게 내공은 그리 중요한 게 아니니까."

하긴 흡혈귀라면 내공이 없더라도 인간이 내공을 이용해

야 발휘할 수 있는 힘을 순수한 육체적인 힘으로 낼 수 있을 테니까.

"앞으로 수런 방식이 달라지진 않을 것이다. 다만 내가 쓰는 무공이 달라질 뿐."

모용세가의 검법을 사용할 것이고 그걸 익히는 건 온전히 모용한영의 몫이란 뜻이다.

"네."

의지를 담은 대답을 한 모용한영은 돌아서려다 말고 물었다.

"제가 당신만큼 강해질 수 있을까요?"

"네가 나만큼 오래 살 수 있다면."

불가능하다는 얘기인데 모용한영은 피식 웃음을 터뜨렸다.

"앞으로의 일은 모르는 거잖아요? 그렇죠?"

모용한영은 팔짝팔짝 경쾌한 걸음으로 계단을 올라갔다. 막연히 강해지기를 바라는 것과 목표가 눈에 보이는 건 닿으려는 의지에 차이가 나게 마련이다.

'내 목표는 당신이에요!'

\*　　　\*　　　\*

"정말 날 좋아했던 거야?"

외투의 옷고름을 묶던 남궁벽의 손길이 멈췄다. 그는 아직 침대에 누워 있는 오희련을 돌아봤다. 가슴 바로 위까지 붉은 비단 이불을 덮은 그녀는 방금 잠에서 깼는데도 아름다웠다.

"인간은 자신이 가지지 못하는 것을 갈망하는 법이니까. 내가 그토록 갈망하는 자유로움을 넌 가지고 있었지."

남궁벽은 침대에 걸터앉아 오희련의 긴 머리칼을 쓸어 넘겼다. 그런 그의 손을 오희련이 감싸 쥐었다.

"넌 내가 가지지 못했던 올곧음과 의지를 가지고 있었고."

"날 좋아하고 있었으면서 수많은 남자와 잤단 말이야?"

"그때의 넌 내가 가질 수 없는 사람이었으니까. 날 경멸하는 상대에게 집착할 만큼 난 여유롭지 못해."

"우린 둘 다 바보였군."

오희련이 몸을 일으키자 이불이 내려오며 하얀 가슴이 드러났다. 왼쪽의 붉은 자국은 간밤에 남궁벽의 손에 의해 만들어진 것이었다.

오희련이 옷을 입으며 말했다.

"과거의 어리석음보다 현재의 문제가 더 중요해."

"도무진을 말하는 것이겠지?"

그녀는 흐트러진 머리를 묶으며 긴 한숨을 쉬었다.

"우리 관계를 언제까지 숨길 수 있을지 모르겠어."

"네 말은 오늘 한 번으로 끝내지는 않겠다는 거지?"

오희련이 휙 돌아섰다. 찰랑거리는 그녀의 머리칼이 햇빛에 반사되어 반짝였다.

"네게는 하룻밤의 유희였어?"

"넌?"

"아니라는 거 알잖아."

"그럼 됐어. 도무진은 내가 알아서 하지."

"뭘 알아서 하겠다는 거야?"

뭔가를 생각하던 남궁벽이 물었다.

"양다리를 걸칠 거냐?"

대답이 쉽게 나오지 못했다. 입술만 달싹거리는 시간이 길어지자 남궁벽의 얼굴이 딱딱하게 굳어졌다.

"네 마음을 확실하게 정한 후에 얘기하자."

돌아서는 남궁벽을 오희련이 잡았다.

"어떻게 하려고?"

"네 마음이 먼저 정해지는 게 순서지."

"만약… 널 선택한다면?"

"말했잖아. 도무진은 내가 해결한다고. 거기에 밤일에 대한 내 자부심도 올라가겠지."

\*          \*          \*

─심상치 않습니다.

만리통에서 나오는 목소리에는 걱정이 가득했다.

"어느 정도로 안 좋은가?"

─얼마 버티지 못할 것 같습니다. 앞으로 길어야 일 년입니다.

목승탁은 눈을 지그시 감았다.

"다른 성자들은?"

─그분들 또한 뚜렷한 해결책을 가지고 있는 것 같지는 않습니다.

"해결할 마음은 있는 것 같던가?"

대답은 잠시의 사이를 두고 들려왔다.

─제가 판단할 일이 아닌 것 같습니다.

시름 깊은 한숨이 절로 나왔다. 하늘이 뒤집히고 오백 년이 흘렀다. 그리고 다시 한 번 세상이 요동치려 하는데 자신을 제외한 여섯 명의 성자는 그 사실을 외면하고 있었다.

다시는 그런 일이 일어나지 않을 것이라고 말하지만, 만약 다시 한 번 같은 일이 반복된다면 칠 인의 성자조차 어찌할 수 없는 사태가 벌어질지도 모른다.

"조만간 내가 들를 테니 잘 지키고 있게."

만리통의 연락을 끊은 목승탁은 집무실로 갔다. 부적을 만들 수 있는 종이와 주사를 꺼내 책상 위에 펼쳐 놓은 후 한참 동안 움직이지 않았다.

"일 년이라……."

남은 시간을 나지막이 뇌까린 목승탁은 붓을 들어 부적을 그리기 시작했다. 아주 천천히 온 법력을 이용해서 정성스럽게 붓을 움직였다.

이 부적에 그의 목숨이 달려 있기 때문이다.

*　　　*　　　*

검에 묻은 피를 털고 천으로 닦은 후 검집에 집어넣자 모용한영이 다가왔다. 두더쥐 인간인 토묵인(土墨人)이 남긴 팔뚝의 상처에서 피를 흘리고 있었지만, 그녀의 입가에는 웃음이 그려져 있었다.

"다섯 마리 잡았어요. 당신은요?"

"안 세어서."

주변에 널린 열 구 남짓한 시체를 보는 도무진의 마음은 편치 않았다. 토묵인은 여타의 세해귀와는 다르게 사람을 식량으로 삼거나 함부로 해치지 않는다.

그들이 인간에게 가장 해를 끼치는 것은 농작물을 망치는 것인데, 때로는 싸움이 나서 인간을 해치기도 한다.

이번 경우가 그래서 무려 열 명의 사람이 죽었기에 어쩔 수가 없었다. 기본적으로 토묵인은 집단생활을 하는 탓에 한 번 사냥을 나오면 대량 살상으로 이어지게 된다.

이곳에 있는 십여 구의 시체 외에도 우거진 숲의 산 중턱에는 족히 오십여 구의 주검이 생겨났을 것이다.

도무진은 나뭇잎 사이로 들어오는 날카로운 햇살을 손바닥으로 막으며 모용한영에게 물었다.

"다른 사람들은?"

"어딘가 있겠죠."

토묵인은 일, 이 등급의 세해귀이기 때문에 심해야 모용한영 정도의 상처를 얻는 게 고작이었다.

"치료할 도구는 가져왔지?"

모용한영은 허리에 찬 손바닥만 한 가방을 풀었다. 그 안에는 바늘, 실, 붕대와 금창약이 들어 있었다.

도무진이 상처를 치료하는 동안 모용한영은 도무진의 정수리만 뚫어지게 쳐다보고 있었다. 붕대의 매듭을 묶고 치료도구를 가방에 집어넣는데 모용한영이 말했다.

"영원히 살지 않아도 당신만큼 강해질 수 있을 것 같아요."

고작 보름 수련했을 뿐인데 모용한영은 이전과는 비교할 수 없을 정도로 실력이 일취월장했다.

하지만 막 던져진 돌이 가장 빠르듯 처음에만 그리 느낄 것이다. 천하의 항우가 쏜 화살도 결국엔 힘이 없어 떨어지는 것처럼 무공 또한 자신의 한계를 깨닫는 시간이 오게 마련이다.

사람마다 차이는 있겠지만 모용한영의 자신감은 그리 오래 가지 않을 것이란 게 도무진의 생각이었다.

그런데 다음에 이어지는 모용한영의 말에 도무진은 어리둥절해졌다.

"당신이 절 그렇게 만들어 줄 테니까요."

"내가? 어떻게?"

"방법은 당신이 더 잘 알겠죠."

"그런 방법을 내가 알 리 없지. 설사 안다고 해도 내가 왜 그렇게 하겠어?"

"하지 않을 이유가 없으니까요. 당신 여자가 강하면 좋잖아요?"

'또 여자인가?' 라는 생각에 도무진은 골치가 지끈거렸다.

"멍청한 소릴 하는군."

"희련 언니는 당신을 떠났으니 그 빈자리를 내가 대신할 수 있어요."

"희련이가 떠나다니?"

모용한영은 짐짓 깜짝 놀란 표정을 지었다.

"모르셨어요? 벽 오라버니와 그렇고 그런 사이라는 걸."

도무진은 망치로 뒤통수를 얻어맞은 기분이었다. 요즘 오희련과 소원해지기는 했지만 그건 그녀가 밤에 술법을 익히고 있기 때문이라고 생각했다. 그런데 남궁벽이라니?

"그럴 리가 없다."

"제가 금방 탄로 날 거짓말을 할 만큼 멍청해 보여요?"

*　　　*　　　*

수혼에게서 내린 도무진은 반갑게 맞아주는 여소영의 머리를 쓰다듬은 후 대청으로 올라갔다.

"내 방으로."

목승탁이 집무실 문을 열더니 도무진을 불렀다. 안으로 들어가자 책상 위에 놓인 보따리가 보였다.

"여행이라도 가나?"

"열흘 정도 걸릴 것이다."

"어딜 가는데?"

"알 것 없고 내가 돌아올 때까지 지부 밖으로 나가지 마라."

"세해귀 사냥도?"

"꼼짝 말고 있어라."

"날 가둬놓으려면 이유 정도는 얘기해 줘야지."

목승탁은 보따리를 짊어지며 말했다.

"세상을 구하는 일이다."

"거창하군."

"거창한 만큼 위험하기도 하지."

"칠 인의 성자에게도 위험한 일이 있나?"

"우리 또한 인간이니까."

"인간 같지 않은 인간이지."

그저 뱉은 말인데 목승탁이 흠칫 움직이는 걸 멈췄다.

"인간이 아니면 뭘까?"

목승탁이 큰 걸음으로 집무실을 나서려고 할 때 도무진이
말했다.

"그 여자, 내게 피를 주는. 지부장이 올 때까지 버틸 수 있
을까? 요즘 힘들어하는 것 같던데."

"괜찮을 것이다."

목승탁은 다시 한 번 당부를 했다.

"내가 왔을 때 반드시 여기 있어야 한다."

비장한 표정이 정말 목숨을 걸고 떠나는 길 같았다. 하지만
세상에 칠 인의 성자를 어찌할 수 있는 존재는 없을 것이다.
오직 세월만이 그들의 죽음을 결정할 뿐.

\*          \*          \*

목승탁의 집무실에서 나오던 도무진은 오희련과 마주쳤다.

"오라버니, 안 피곤해요?"

평소와 다름없이 밝은 얼굴로 인사하는 오희련을 보고 있자니 속에서 알싸한 분노가 치솟았다. 그녀도 남궁벽도 평소와 다름없이 그를 대하고 있었다.

양심의 가책이 보이지 않는 그들을 지켜보는 건 도무진이 흡혈귀라고 해도 괴로운 노릇이다.

"너……."

모용한영의 말이 사실인지 묻고 싶었다. 하지만 끝내 '아니다' 라는 말을 하고 돌아선 것은 자존심 때문이었다. 우습기도 했다. 이미 죽어버린 몸뚱이를 가진 흡혈귀에게 자존심이라니.

'어차피 나와는 미래가 없었으니까.'

그렇게 자위하려 했지만 경험해 보지 못한 여인의 배신에 대한 분노는 쉬이 가라앉지 않았다.

도무진은 씻는 둥 마는 둥 한 후 지하실로 내려갔다. 오늘은 연공보다는 도피의 목적이 큰 장소가 되었다.

지하실 바닥에 쭈그리고 앉아 벽에 등을 기대고 빈 허공을 응시하던 도무진은 결국 가부좌를 틀었다. 오희련과 남궁벽에 대한 생각이 꼬리에 꼬리를 물어서 마음만 심란했다.

도무진은 눈을 감고 자연선기공을 운용했다. 백칠십팔 개의 혈도 중 백이십이 개가 뚫렸다. 이제 코로 하는 들숨과 날숨은 의미가 없는 경지에 올라섰다.

자연스럽게 혈도가 열리면서 탁한 것을 걸러낸 기운이 내부로 스며들었다. 가장 먼저 단전을 통과한 내공이 전신을 천천히 회전했다.

원래 뚫린 혈도로 호흡을 일주천한 후 허리에서 꼬리뼈까지 이어지는 옥전(玉田)에서 장강혈(長强穴)까지 네 개의 혈도에 집중했다.

그 네 개가 상체에 남은 마지막 혈도였다. 물이 가득 찬 잔을 두드리면 수면에 파동이 이는 것처럼 혈도에 그런 울림이 전해졌다. 도무진은 사흘째 네 개의 혈도를 뚫기 위해 애쓰고 있었다.

자연선기공은 여타의 내공심법과는 달라서 단전은 기운이 모였다가 지나가는 통로 역할 이상은 되지 못했다. 그럼에도 역시 모든 혈도 중에서 단전에 모인 세 개의 혈도가 가장 중요하기는 했다.

옥전에서 장강혈까지 네 개의 혈도는 그런 단전에 가까웠기 때문에 개문을 하는 데 더욱 조심스러울 수밖에 없었다.

네 개의 혈도를 개문하기 위해 노력한 게 오늘로써 나흘째

였는데 서서히 반응이 오기 시작했다.

처음에는 단단한 돌처럼 꿈쩍도 하지 않다가 차츰 물러지며 판자 같은 느낌이 들더니 이제는 바람에 파르르 떠는 문풍지 같은 감각이 전해졌다.

조금 더 집중을 하면 침 문은 손가락에 닿은 종잇장처럼 수월하게 뚫릴 것 같았다. 운기행공을 한 지 두 시진 가까이 흘렀고 이제 금방 네 개의 혈도가 개문을 하려는 찰나, 갑자기 요란한 소리가 들렸다.

쿵쿵! 누군가 지하실 문을 두드렸다. 정신이 흐트러지자 종잇장처럼 얇아졌던 혈도가 다시 돌처럼 단단하게 막혀 버렸다.

"젠장!"

욕설을 뱉은 도무진은 신경질적으로 일어서서 계단을 뛰어 올라갔다. 잠긴 문을 왈칵 열자 남궁벽이 거기에 서 있었다.

연공을 방해한 것도 화가 나는데 뻔뻔한 얼굴로 자신을 속이고 있는 남궁벽이었기에 분노의 부피가 더 컸다.

"뭐야?"

자연 나가는 말투도 짓고 있는 표정도 좋을 리 없었다.

"무슨 일 있냐?"

"무슨 일인지는 날 찾아온 네가 말해야지."

"할 얘기가 있어서."

짐짓 심각한 표정인 것으로 보아 드디어 오희련과의 일을 고백할 모양이다. 도무진은 대꾸 없이 남궁벽이 입을 열기를 기다렸다. 남궁벽은 말하기 껄끄러운 듯 뺨에 난 굵은 흉터를 긁적이고만 있었다.

"내가 늙어 죽을 때를 기다리는 거냐?"

"이 말은 원래 내가 아니라 희련이가 했어야 하는데, 아무래도 내가 매를 맞는 게 나을 것 같아서……."

어렵게 꺼낸 남궁벽의 말은, 그러나 급하게 다가오는 발걸음 소리에 끊겨 버렸다.

"오라버니!"

달려온 사람은 모용한영이었다.

"만리통으로 연락이 왔어요!"

손수민이 떠난 후 만리통은 수련생들이 번갈아가며 지키고 있었다.

"누군데?"

"공이라는 사람인데 오라버니께 급하게 할 말이 있다고……."

공이라는 이름이 나오는 순간 도무진은 달리고 있었다. 그가 꼭 원수를 갚아야 하는 최초의 흡혈귀를 제외하면 가장 만나고 싶은 사람이 공이었다.

도무진은 만리통 앞에서 걸음을 멈추기도 전에 입을 열었다.

"용건이 뭐냐?"

잠시 후 만리통에서 소리가 들렸다.

— 역시 흡혈귀다운 생명력이야. 아직도 살아 있다니.

"살아야 할 이유가 충분하니까. 네가 그중 하나고."

— 후후후… 내가 복수의 대상인가?

"두렵나?"

— 네가 두려웠다면 이렇게 연락조차 하지 않았겠지.

"만나자는 것이냐?"

— 네게 그런 용기가 있다면.

공과의 만남은 절대 도무진에게 유리한 상황은 아닐 것이다. 하지만 피할 생각은 없었다. 도무진은 그때의 도무진이 아니었고 공은 아직 그 사실을 모르고 있었다.

정작 궁금한 것은 공이 이처럼 도무진에게 집착하는 이유였다.

"왜 날 그토록 죽이고 싶어 하는 거지?"

— 내가 널 죽이고 싶어 한다고 누가 그러더냐?

"과거 네 행동이 보여줬지."

잠시의 사이를 두고 대답이 들려왔다.

— 부인하지 않겠다만 개인적인 감정은 없다. 사실 네 의지

와 생명력은 약간 존경스럽기도 하다.

"내가 죽어야 할 대승적인 이유가 있는 것처럼 들리는군."

―알고 싶나? 그럼 날 찾아와라.

"기꺼이. 그곳이 어디냐?"

―절강성(浙江省) 무의현(武義縣)으로 오면 안내하는 사람이 널 찾을 것이다. 기다리고 있으마.

그렇게 공과의 대화는 끝났다. 무의현이란 곳은 한 번도 들어본 적은 없지만, 절강성에 가면 찾을 수 있을 것이다.

돌아서던 도무진은 통신실 문 앞에 서 있는 남궁벽을 발견하고 움직임을 멈췄다.

남궁벽이 물었다.

"정말 갈 생각이냐?"

"녀석에게는 받아야 할 빚이 산더미니까."

"함정이라는 게 뻔히 보이는데도?"

"녀석이 모르는 건 날 가두기 위한 함정의 크기가 생각보다 커야 한다는 거지."

공이 생각하는 도무진은 절벽에서 떨어뜨렸던 당시의 도무진일 것이 분명하다. 하지만 지금의 도무진은 그때와 달라도 너무 달라서 공의 예상을 한참 빗나가 있었다.

공이 어떤 함정을 파놓았든 그 함정이 공의 목을 조르는 올가미가 될 것이다.

"이번 길은 허락할 수 없다."

남궁벽의 말은 분수에 맞지 않았다.

"내가 네게 허락을 받아야 한단 말이냐?"

"지부장님께서 내게 특별히 명령을 하셨다. 네가 절대 이곳을 떠나지 못하게 하라고."

"그 영감이 능력도 되지 않는 녀석에게 부담되는 임무를 줬군."

남궁벽의 의지는 확고했다.

"네가 예전의 네가 아니듯 나 또한 예전의 내가 아니다."

"네가 흡혈귀의 능력을 얻어서?"

남궁벽의 얼굴에 놀라움이 떠올랐다.

"네가 그걸 어떻게……? 희련이에게 들었나?"

"굳이 누군가에게 들을 필요가 없지. 내 동류를 찾아내는데는 감각만으로 충분하니까."

"네가 무슨 생각을 하든 그것과는 많이 다를 것이다. 네가 예상하는 내 능력도 그럴 테고."

"희련이와 밤을 보내는 그 능력 말이냐?"

도무진의 차가운 말에 남궁벽의 얼굴이 굳어졌다. 그리고 또 굳은 사람이 있었다. 막 복도의 모퉁이를 돌아 오던 오희련이었다.

눈을 크게 뜨고 입을 가린 그녀의 손이 가늘게 떨렸다. 두 사람 중 누구도 도무진의 말을 부정하지 않는 것은 모용한영의 말이 맞다는 뜻이다.

흡혈귀가 여인에게 바람을 피웠다고 몰아붙이는 건 우스 꽝스러운 장면이다. 도무진은 빠른 걸음을 옮겼고 남궁벽은 더 이상 도무진을 막지 않았다.

"오라버니……."

오희련이 불렀지만 도무진의 발걸음을 잡지 못했다. 검을 챙긴 도무진은 뜰로 나갔다. 여소영과 장난을 치고 있던 수혼이 도무진의 기세를 느끼고 어깨를 쭉 폈다.

수혼은 나날이 덩치가 커져서 도무진의 키가 녀석의 어깨에 겨우 닿을 정도였다. 그럼에도 아직 성장기가 남았으니 덩치가 어느 정도까지 커질지 알 수 없었다.

"오라버니, 어디 가세요?"

여소영이 불안한 표정으로 물었다. 도무진은 여소영의 머리를 쓰다듬으며 말했다.

"잠시 다녀올 테니까 얌전하게 있어."

인간들에 의해 엄마와 헤어진 소녀는, 피 한 방울 섞이지 않았으나 세상에서 유일하게 의지할 수밖에 없는 도무진을 향해 고개를 끄덕였다.

그 커다란 눈이 오늘따라 불안해 보이는 건 도무진이 살아 돌아온다는 보장이 없기 때문일 것이다. 자신의 강함을 믿지만 칠 인의 성자처럼 절대적인 강함은 아니었다.

공의 한마디에 자리를 박차고 가는 자신이 불나방 같다는 생각이 들었다.

도무진이 수혼에게 올라탈 때 대청을 뛰쳐나온 오희련이 소리쳤다.

"오라버니! 가면 안 돼요! 공의 함정이 뻔하잖아요!"

하지만 도무진의 재촉을 받은 수혼은 힘껏 땅을 박차서 신야현 지부를 벗어났다.

제15장
분노

　사천성 미산현(眉山縣). 이곳에 흑림(黑林)이라는 곳이 있
다. 이름 그대로 검은 숲이다.

　둘레가 오십 리에 이르는 흑림은 서무산(西武山) 정상에 자
리해 있었다. 서무산은 숲이 우거진 산이 아니었다. 흔히 돌
산이라고 하여 키 작은 나무와 잡초가 듬성듬성 자란, 높이도
얼마 되지 않는 그런 산이었다.

　그런데 하늘에서 별이 쏟아진 그날 이후 서무산은 변했다.
무섭게 자라난 검은 나무는 거대한 어둠처럼 서무산의 정상
을 덮어서 멀리서 보면 가발이라도 씌워놓은 것 같은 모습으

로 변했다.

먼지만 날리는 돌산보다는 풍성한 숲이 나은 법이지만 흑림은 예외였다. 경험 많은 약초꾼도, 삼십 년 경력의 사냥꾼도 흑림에 들어가서 다시는 돌아오지 못했다.

간혹 호기심 많은 무림인까지 흑림의 궁금증을 풀어보려 했지만, 무공을 가진 자들 또한 예외는 아니었다.

그래서 흑림은 누구도 아예 눈길조차 주려 하지 않는 금역(禁域)이 되었다.

스멀스멀 어둠이 밀려오는 그 시각, 죽음의 숲 흑림으로 발을 들여놓는 사람은 뿌연 먼지를 뒤집어쓴 목승탁이었다.

풍운부(風雲符)에서 내리자 할 일을 다한 부적은 먼지가 되어 사라졌다. 가볍게 어깨의 먼지를 턴 목승탁은 흑림 안으로 발을 들여놓았다.

화강암 가득한 땅과 흑림의 경계는 명확했다. 불모의 땅과 숲의 차이가 아니라도 흑림 안으로 들어가는 순간부터 빛 한 점 없기 때문에 자연히 알 수 있었다.

검은색 몸통에 이파리까지 검은 나무는 밀림의 그것처럼 우거져서 바늘 끝만 한 태양의 빛도 허용하지 않았다. 거기에 숨을 들이쉬면 허파를 먼지로 부서 버릴 것 같은 텁텁한 대기는 숨쉬기조차 힘들게 만들었다.

목승탁은 한 장의 부적으로 불을 밝히고 다른 한 장의 부적

부운표(浮雲慓)를 허공에 던졌다. 그리고 계단을 올라가듯 걸음을 딛자 목승탁의 몸이 두둥실 떠올랐다.

목승탁은 강물을 떠가는 배처럼 미끄러지듯 지면에서 세자 거리를 두고 흑림을 파고들었다. 빽빽하게 들어찬 나무는 장애물이 되지 못했다.

종잇장조차 들어가지 못할 정도로 좁은 곳도 목승탁이 가까이 가면 나무가 움직여 길을 터주었다.

사방에서 세해귀의 기운이 느껴졌으나 그중 한 마리도 목승탁의 근처로 오지 못했다. 흑림의 귀기를 먹고 사는 세해귀들은 이곳의 주인이 누군지 똑똑히 알고 있었다.

흑림을 철저히 보호해야 하기 때문에 목승탁 또한 이곳에 사는 세해귀는 건드리지 않았다. 그것은 비단 목승탁뿐만 아니라 칠 인의 성자 모두가 그랬다.

비스듬한 비탈을 이각 정도 올라간 목승탁은 거대한 나무 앞에서 멈췄다. 흑림은 두 개의 봉우리를 감싸고 있었는데 높이가 삼십 장이나 되고 둘레가 오 장에 이르는 나무는 좌측 봉우리 정상에 자리해 있었다.

칠 인의 성자는 이 나무를 가리켜 천주(天柱)라 불렀다.

목승탁은 부적에서 내려 땅 위로 뻗어 나온 허벅지보다 굵은 나무뿌리 위에 섰다.

"목타(木吒) 칙지환(勅只換)."

천주를 쓰다듬으며 주문을 외자 손길이 닿은 곳이 세로로 벌어지며 목승탁이 들어갈 수 있는 공간이 생겼다.

반쯤 빈 천주 안에는 아래로 내려가는 계단이 있었다. 인공적으로 만들어놓은 것이 아니라 오백 년 전 처음 천주가 나타났을 때 이미 계단이 놓여 있었다.

원형의 계단은 지루하도록 길게 이어졌다. 나무뿌리와 흙이 얽혀 만들어진 계단 팔백팔십팔 개를 밟고 내려가자 비로소 앞으로 나아갈 수 있는 동굴이 나왔다.

폭과 높이는 일 장에 달했고 장인이 곱게 연마를 한 것처럼 원형의 천장과 벽, 바닥은 반들반들했다. 그런 길을 삼십 장쯤 가고서야 비로소 원하던 장소에 닿을 수 있었다.

"기다리고 있었습니다."

동굴의 막다른 곳. 그곳에는 벽 가득 넝쿨이 얽혀 있었는데 목소리는 그 안에서 나왔다. 넝쿨을 보는 목승탁의 눈에 처음으로 연민의 빛이 스쳤다.

"오랜만이군."

"십팔 년하고 백이십오 일 만입니다."

목소리는 늙고 힘이 없었다. 목승탁이 가까이 가자 넝쿨 일부가 움직이더니 얼굴이 나타났다.

가뭄 속 갈라진 논바닥처럼 노인의 얼굴에는 주름이 가득했다. 원래 하얀 수염은 지저분하게 얽혀서 회색에 가까웠고 앞 이빨은 다 빠지고 겨우 두 개만 붙어 있었다.

오랜 세월 천주를 지키고 있는 선무달(宣武達)의 얼굴은 피곤함이 가득했다.

"칠 인의 성자 중 찾아온 사람은 없었나?"

"삼 년 전 빙천(氷天)님께서 다녀가셨지만 별다른 말씀은 없었습니다."

"그가 안은 들여다보았는가?"

"잠깐 보셨습니다."

"자네가 느끼기에는 어떤가? 정말 오래 버텨야 일 년인가?"

"그렇습니다."

시름 깊은 한숨을 쉰 목승탁은 선무달에게 다가갔다.

"안을 보시겠습니까?"

"들어가 볼 생각이네."

선무달의 눈에 놀람이 떠올랐다.

"들어가는 건 너무 위험합니다."

목승탁은 품에서 부적을 꺼내며 말했다.

"알고 있네만 내 눈으로 직접 확인을 해야겠네."

"정 그러시겠다면……."

선무달을 품은 넝쿨 좌우에서 두 개의 손이 튀어나왔다. 나무처럼 딱딱하고 뻣뻣한 손은 선무달 가슴 부근의 넝쿨을 잡더니 양쪽으로 벌렸다.

가슴이 드러나야 마땅한데 그곳은 텅 빈 공간이었다. 새벽의 가장 짙은 어둠보다 더 검은 공간이 가슴 너머에 자리해 있었다.

"반 각 이상은 안 됩니다."

"알고 있네."

목승탁은 세 장의 부적을 가슴과 배, 사타구니에 붙인 후 선무달의 벌어진 가슴 속으로 들어갔다.

발을 들여놓자마자 바깥세상과는 전혀 다른 감각이 전해졌다. 밀도 높은 꿀에 빠져 허우적대면 아마 이런 느낌일 것이다.

호흡은 이미 포기했고 한 걸음을 떼는 것조차 육체의 힘은 물론 술법까지 동원해야 겨우 움직일 수 있었다.

안으로 들어갈수록 공간이 일그러졌다. 그 일그러짐과 함께 몸도 뒤틀리는 것 같았다. 부적을 붙이지 않았다면 아무리 목승탁이라도 온몸의 뼈가 어긋나며 주먹만 하게 찌그러졌을 것이다.

팔다리를 놀려 허위허위 앞으로 나아간 목승탁은 어느 지점에 이르러 비로소 확인하고 싶은 것을 볼 수 있었다.

천을 세로로 찢어서 벌려놓은 것 같은 틈이다. 사람이 겨우 통과할 수 있을 정도로 좁게 벌어진 그 틈에서 노란빛이 토해지고 있었다.

모닥불에서 튀어 오르는 밝은 재처럼 점점이 뿌려지는 노란빛은 틈에서 이 장이나 멀리 튀어 나갔다.

저 빛은 세상을 멸망시키기 위한 사신의 발걸음이다. 칠 인의 성자가 사백 년 전에 쳐 놓은 이 결계는 이제 얼마 버티지 못할 것이다.

그전에 저 벌어진 틈을 닫아야 하지만 인간의 육체로 노란빛을 견디는 건 불가능하다. 극에 다다른 술법을 익힌 칠 인의 성자라 할지라도 결국은 인간의 범주를 벗어나지 못한다.

저 노란빛은 어떤 술법도 통하지 않아서 닿는 순간 끓는 물속의 얼음보다 빨리 인간의 육체를 녹여 버릴 것이다.

움직이는 것조차 버거울 정도로 밀도가 높은 이 공간에서는 부적조차 날릴 수 없었다.

노란빛을 토해내는 틈 사이에서 언뜻 검은 무언가가 비친 것 같았다. 하지만 그것을 확인할 만큼 많은 시간이 허락되지 않았다.

지금 돌아가지 않으면 목승탁은 이곳에 갇혀 아주 작게 찌그러져 버릴 것이다.

꿈속에서 움직여지지 않는 몸을 억지로 움직이는 것처럼 왔던 길을 되돌아갔다. 등에 닿는 노란빛의 기운이 목승탁을 금방이라도 백 조각의 인육으로 부숴 버릴 것 같았다.

"헉! 헉!"

선무달의 가슴을 뚫고 나온 목승탁은 거친 숨을 몰아쉬었다. 십팔 년 전 들어갔을 때보다 훨씬 더 힘들었다. 그때는 저 틈이 주먹만 했고 쏟아지는 노란빛의 양도 적었다.

지난 사백 년보다 요 십팔 년 동안 벌어진 틈이 훨씬 넓었고 빛의 힘은 수십 배 강해졌다.

선무달의 가슴은 닫혀서 얽어진 넝쿨의 모습으로 돌아왔다. 목승탁만큼 선무달도 힘든 얼굴이었다. 굳이 힘을 써서 길을 열지 않았더라도 선무달은 하루하루가 가슴이 열리는 순간만큼 힘들 것이다.

"제 명은 이제 다한 것 같습니다."

말을 하는 선무달의 표정에는 간절함이 묻어 나왔다.

"조금만 더 버텨주게."

"화신님. 이 공간을 지킨 지 백이십 년입니다. 이제 그만 놓아주시지요."

"나도 그러고 싶네. 정녕 그러고 싶어. 하지만 이제 겨우 삼 년 전에 천주지기를 구해 키우는 중일세. 자네를 대신하려면 앞으로 오 년은 더 키워야 한다네."

선무달의 입가가 움직였다. 웃음을 지으려는 것 같은데 웃는 법을 잊어버린 사람이 웃는 것처럼 어색했다.

"그럼 전 마지막 천주지기가 되겠군요."

"내가 반드시 저 마계혈(魔界穴)을 막을 걸세."

"전 이곳에 뿌리내리고 있지만 흑림 안의 많은 것을 느낄 수 있습니다. 가끔 칠 인의 성자들 마음까지도 말입니다."

"어떻던가?"

"마계혈을 막으려고 애쓰시는 분은 당신, 화신 한 분뿐인 것 같더군요."

목승탁은 고개를 저었다.

"아니야. 그리 어리석은 사람들이 아니야."

"두고 보면 알겠죠. 피곤하군요. 전 이만 쉬어야겠습니다."

넝쿨이 움직여 선무달의 얼굴을 가렸다. 목승탁은 넝쿨 더미를 한동안 응시하다가 동굴을 나왔다.

지친 몸보다 마음이 더 무거웠다. 정말 하늘을 떠받치는 듯 서 있는 천주를 한번 올려다본 목승탁은 북쪽으로 이동했다. 흑림의 두 개 봉우리 중 좌측에 천주가 있고 지금 그가 가는 쪽은 우측의 봉우리였다.

크르르르……

부운표를 타고 이동하는데 가까운 곳에서 세해귀의 낮지만 사나운 소리가 들렸다. 목승탁을 향한 적의가 뚜렷하게 느껴졌다.

이곳 흑림에는 흉포한 세해귀가 다수 서식하고 있었다. 하지만 그 어떤 세해귀도 감히 칠 인의 성자를 향해 적의를 드러내지 못했다. 칠 인의 성자가 흑림의 주인이라는 걸 본능적으로 알기 때문이다.

하지만 마계혈이 커지면서 그곳을 통해 나오는 마기 또한 흑림에 짙게 퍼졌다. 그 마기를 흡수한 세해귀는 점점 강해졌고 이제는 감히 목승탁을 향해 적의를 보였다.

당연 응징을 해야겠지만 지금은 세해귀와 실랑이를 벌일 때가 아니었다. 목승탁은 분수 모르는 세해귀를 무시하고 성전(聖殿)으로 향했다.

칠 인의 성자가 집이라고 부를 수 있는 유일한 장소인 성전은 흑림이 만들어낸 예술이었다. 천 평에 이르는 성전에 인간의 손길이 닿은 것은 빛을 만들어내는 야명주(夜明珠)뿐이다.

성전으로 올라가는 백스물두 개의 계단도, 거대한 건축물을 떠받치고 있는 기둥도, 각각의 방을 나누는 벽, 하늘을 가리는 지붕까지 모두 흑림의 나무와 돌들이 스스로 움직여 만들어냈다.

계단을 모두 올라가자 나무줄기 수백 가닥이 얽혀 만들어진 일 장 높이의 문이 나타났다. 목승탁은 닫힌 문을 향해 걸음을 옮겼고 언제나 그렇듯 나뭇가지가 스스로 움직여 그가 들어갈 수 있는 공간을 열어주었다.

대문을 들어서면 백 평이 훨씬 넘는 대전이 나온다. 인간이 다듬지 않은, 그러나 어떤 장인이 빚은 것보다 정교한 조각상들이 사방에 보기 좋게 놓여 있었고 굵은 나무가 만든 벽은 옻칠을 해놓은 것처럼 반짝였다.

목승탁은 인어가 물동이를 머리에 얹은 모양의 조각상을 지나 이 층으로 올라가는 계단을 밟았다. 천장과 벽에 박힌 백이십 개의 야명주가 주위를 대낮처럼 환하게 밝히고 있었다.

대전의 오른쪽 벽을 끼고 오르는 계단은 반원의 형태를 띠고 있었다. 계단을 다 오르면 왼쪽 난간 너머로 이 장 아래에 있는 대전을 한눈에 볼 수 있다.

허리 높이의 난간이 놓인 복도를 따라 십 장쯤 걸어가자 거실이 모습을 드러냈다. 중앙에 폭이 일 장이나 되는 커다란 원탁이 있고 열두 개의 의자가 놓여 있었다.

그 의자의 개수는 언제나 이제는 죽고 없는 다섯 명의 성자를 생각나게 한다. 그중 특히 한 명. 목승탁의 실수로 죽은 성자는 떠올릴 때마다 왼쪽 가슴을 아리게 했다.

쓰다듬듯 죽은 자의 의자를 건드리는데 목소리가 들렸다.

"오랜만에 뵙습니다."

하얀 머리칼을 곱게 빗어 뒤로 묶고, 머리칼만큼이나 하얀 수염을 가슴까지 드리운 노인이 목승탁을 향해 허리를 숙였다.

성전을 관리하는 집사 고붕악(高鵬岳)이다. 그의 나이도 어느덧 백 살을 넘겼으니 새로운 후임을 찾아야 할 때였다.

"성자들은 모두 출타했는가?"

"빙천께서는 두 달 전에 회생(回生)의 법에 들어가셨고 나머지 분들은 소재를 알리지 않으셨습니다."

"성녀(聖女)께서는 위층에 계시고?"

"네. 화신님을 기다리고 계십니다."

거실을 통과해 삼 층으로 올라가는 계단을 밟았다. 성녀를 만나러 가는 길은 언제나 답답함을 동반한다.

흑림을 벗어나면 한 줌 먼지로 흩어져 버리는 저주받은 운명을 가진 존재인 그녀는, 흑림의 포로이면서 한편으로는 성자들의 축복이기도 하다.

그녀의 성스러운 기운이 있어야만 성자들이 회생의 법을 완성할 수 있기 때문이다.

삼 층은 오롯이 성녀만의 공간이었다. 문을 들어서면 거실이 나오고 왼쪽은 서재, 오른쪽은 응접실, 정면은 흑림을 한눈에 볼 수 있게 뻥 뚫려 있었다.

목승탁이 거실에 들어서자 응접실에게 성녀가 나왔다. 위아래로 한 벌인 하얀 옷을 입은, 이제 이십 대 중반으로 보이는 성녀는 단언컨대 세상에서 가장 아름다운 여인이다.

목승탁은 지금까지 수많은 여인을 봐왔지만 성녀보다 아

름다운 여인을 본 적이 없었다. 여인에게 흥미를 느끼지 못할 정도의 나이가 되었을 때조차 단 한 사람, 성녀에게만은 여인의 향기를 느꼈다.

"어서 오세요."

성녀는 마음을 녹이는 미소로 목승탁을 맞아주었다.

"마침 어제 화련차(華蓮茶)의 잎을 땄어요. 향이 좋더군요."

목승탁을 응접실로 안내한 성녀는 직접 차를 만들었다. 하늘하늘 피어오르는 하얀 김을 따라 산뜻한 차향이 퍼졌다.

"흡혈귀에 대한 얘기는 들었어요."

차로 입술을 축인 목승탁이 물었다.

"성녀께서도 걱정하시는 겁니까?"

"다른 분이었다면 걱정이 더하겠지만 화신님이니 충분히 심사숙고를 하셨겠지요."

"최선의 선택이었습니다."

성녀가 찻잔을 들자 소매가 말려 내려가며 하얀 팔뚝이 드러났다. 푸른 정맥이 보이는 그 팔뚝을 보는 것만으로 욕정이 생기는 자신이 당황스러워 얼른 뜨거운 차를 머금었다.

"마계혈은 어떻던가요?"

"위태로운 둑과 같습니다. 다른 성자들과 함께 막을 논의를 해야 하는데 마계혈을 걱정하는 사람이 저 하나뿐인 것 같아 그게 더 걱정스럽습니다."

성녀가 가는 한숨을 쉬었다.

"저 또한 다른 분들에게 얘기를 드리기는 했지만 판단이 제각각이라 의견을 모으기가 쉽지 않더군요."

"시간이 없습니다. 천주지기의 말도 그렇고 제가 직접 확인한 바로도 앞으로 일 년 안에 마계혈이 폭주할지도 모릅니다. 만약 그리되면……."

"어떤 일이 일어날까요?"

목승탁은 고개를 저었다.

"모르지요. 또 한 번 하늘이 뒤집어지면 어찌 될지."

*       *       *

상유천당(上有天堂), 하유소항(下有蘇抗).

하늘에는 천당이 있고 땅에는 항주(抗州)와 소주(蘇州)가 있다. 빼어난 경관과 운치를 자랑하는 두 도시를 품은 곳이 절강성이다. 공이 만나자고 한 무의현은 항주에서 남쪽으로 백 리 정도 떨어진 곳이었다.

거의 쉬지 않고 달려온 탓에 거친 숨을 뿜어내는 수혼의 전신은 땀으로 검게 번들거렸다. 도무진 또한 눈썹에까지 뿌연 먼지를 뒤집어썼을 정도로 급하게 온 길이었다.

아래로 강이 흐르는 언덕에서 걸음을 멈춘 도무진은 멀리 전면을 보았다. 논과 밭이 펼쳐진 들판 곳곳에 집들이 서 있었고 그 너머에는 조금 더 많은 인가가 모여 있었다.

무의현에 도착하면 공이 연락을 한다고 했으니 일단 사람이 있는 곳으로 가야 한다.

"이제 좀 쉬면서 가자."

도무진의 말을 알아들은 듯 수혼은 따각따각 느린 걸음을 옮겼다. 언덕을 내려와 넓은 관도에 들어서자 지나는 사람들이 놀란 눈으로 도무진과 수혼을 봤다.

도무진에게 색다른 점이야 색안경을 쓴 것뿐이지만 수혼은 확실히 특별했다. 잡털 한 점 섞이지 않은 까만 몸뚱이가 그랬고, 거대한 덩치는 말이면서도 사람에게 위압감을 줄 정도였다.

곁을 지나는 사람이 점점 늘어나더니 이내 무의현의 번화가에 들어섰다.

꺄아악!

머리 위에서 귀기탐웅의 긴 울음소리가 들렸다. 한동안 보이지 않더니 이곳에 와서 자신의 존재를 드러냈다.

귀기탐웅은 도무진의 머리 위 하늘에서 빙글빙글 맴을 돌았다. 세해귀를 발견했을 때의 몸짓과 비슷했다.

'주변에 세해귀가 있는 건가?'

감각을 끌어 올려보지만 쉼 없이 곁을 지나는 사람들만 있을 뿐 세해귀의 느낌은 전해지지 않았다.

도무진은 양쪽에 상점들이 즐비하게 늘어선 길을 천천히 나아갔다. 수혼의 위압감이 워낙 커서 사람들이 저절로 길을 비켰다. 다시 한 번 머리 위에서 귀기탐응의 울음이 들렸다.

그런데 이번 것은 도무진이 기르는 귀기탐응이 아닌 새로운 녀석이었다. 도무진의 것은 북쪽으로 날아가 버렸고 새로 온 녀석이 도무진의 머리 위에서 원을 그리며 돌기 시작했다.

만민수호문의 문도에게 세해귀의 위치를 알려주는 몸짓과 다를 바가 없었다.

'설마.'

도무진의 나쁜 예감은 틀리지 않았다. 갑자기 화살 세 개가 얼굴과 가슴을 노리고 날아왔다. 도무진이 어렵지 않게 손으로 화살을 쳐 내자 주변에 있던 사람들이 일제히 뒤로 밀려났다.

"어이쿠!"

"아악!"

억지로 밀려난 수십 명의 사람들이 서로 부딪치고 넘어지면서 주변은 순식간에 아수라장이 되었다.

위기를 느낀 수혼이 어깨를 낮게 숙이더니 으르릉거림을 토해냈다. 수혼의 입에서는 긴 송곳니가 튀어나왔고 말발굽

사이에서 발톱도 돋아났다.

"모두 자리를 피해라!"

외침과 함께 일단의 무리들이 사방에서 나타났다. 엉켜 넘어졌던 사람이 앞 다투어 도망치면서 주변의 소란스러움이 한참 동안 이어졌다.

도무진을 포위한 여섯 명의 차림으로 보아 만민수호문의 문도들이 분명했다. 그들을 보는 도무진의 눈살이 찌푸려졌다.

그와 수혼을 세해귀로 판단한 건 탓할 일이 아니었다. 다만 그들이 택한 싸움의 장소가 마음에 들지 않았다. 아무리 세해귀 사냥이 급하다고 해도 사람이 없는 곳을 고르는 것이 무고한 사상자를 내지 않는 첫 번째 조건이었다.

도무진은 문도들을 향해 금방이라도 달려들 것 같은 수혼을 다독여 진정시켰다.

도무진의 정면에 선 중년인이 팔을 들었다. 풍겨오는 기세나 도무진을 포위한 위치로 보아 저자가 우두머리인 모양이다.

오른손에 두 장의 부적을 든 중년인이 말했다.

"세해귀는 순순히 우리의 명을 따르라."

도무진은 대답 대신 포위를 한 여섯 명의 면면을 살폈다. 왼쪽에는 한꺼번에 세 개의 화살을 시위에 건 여인과 부적을 든 청년이 있었고 우측에는 검사와 술법사가 짝을 이뤘다. 뒤쪽에는 산적이나 쓸 법한 커다란 칼을 든 칠 척 장한이 버티고 있었다.

"만민수호문인가?"

중년인은 도무진의 물음에 대답하는 대신 왼쪽에 선 청년에게 질문을 던졌다.

"저놈들의 정체가 무엇이냐?"

청년은 손에 든 부적을 미간 사이에 붙이고 수결을 맺었다.

"정귀유성장익진(井鬼柳星張翼軫)!"

주문을 외운 청년의 눈이 부릅떠졌다.

"이… 이럴 리가 없는데……."

"무엇인데 그러느냐?"

"저자는 흡혈귀이고 타고 있는 건 신마입니다."

"뭐야? 대체 무슨 소릴 하는 것이냐? 신마가 어찌 저렇게 생겼으며 햇빛 아래 버젓이 있는 저자가 흡혈귀라니?"

"하지만 투영부(透暎符)가 알려준 저것들의 정체는 흡혈귀와 신마가 분명합니다."

청년이 장담을 했지만 중년인은 믿지 않았다.

"네 정체가 무엇이냐?"

중년인의 물음에 도무진은 품을 뒤졌다. 하지만 급하게 오느라 만민수호문 소속이라는 신분패를 지니지 않았다.

"내가 만민수호문 소속이라면 믿겠나?"

"헛소리! 네가 세해귀라는 건 이미 알고 있다!"

그 말을 증명하듯 공중에 뜬 귀기탐웅이 긴 울음을 터뜨렸다.

"하남성 신야현 소속의 도무진이다. 내 말을 믿는 게 너희들 신상에 좋을 것이다."

"신분패를 보여라!"

"깜빡 잊고 나와서."

"세해귀를 타고 다니는 자가 신분패도 없는데 만민수호문의 문도라고 하다니! 내게 그 말을 믿으란 말이냐?"

"그럼 당장 증명할 길이 없군."

"우리와 함께 지부로 가자. 네가 정말 문도라면 그곳에서 밝혀질 것이다."

공을 만나기로 한 도무진으로서는 승낙할 수 없는 조건이었다.

"중요한 약속이 있어서 그건 곤란하겠군."

"그럼 우리도 만민수호문의 문도가 마땅히 해야 할 의무를 다하는 수밖에."

더 이상 실랑이를 벌여봤자 시간 낭비였다. 도무진은 땅에 내려 수혼의 어깨를 두드렸다.

"멀리 떨어져 있어라."

수혼이 자기도 싸우고 싶다는 듯 투레질을 했다.

"네 몫은 인간들이 아니다."

엉덩이를 찰싹 때리자 수혼이 땅을 박찼다. 활을 든 자가 깜짝 놀라 시위를 놓았고 정면을 막고 있던 중년인도 부적을 날렸다. 하지만 화살과 부적 모두 그들 예상보다 훨씬 높이 뛰어오른 수혼의 발밑으로 지나갔다.

수혼을 보낸 도무진은 검을 빼 들었다.

"너희가 자초한 고통이다."

도무진은 중년인을 향해 몸을 날렸다.

"무량무인(無量無刃)!"

도무진은 주문과 함께 날아온 부적을 향해 검을 휘둘렀다. 순간 어느새 시위를 떠난 화살도 도무진의 옆구리를 노렸다.

도무진은 부적을 향한 검을 거두지 않은 채 횡으로 몸을 회전시켰다. 화살이 아슬아슬하게 허리를 스침과 동시에 검이 부적을 뗐다.

까앙!

검과 부딪친 부적이 쇳소리를 내며 튕겨 나갔다. 중년인은 공처럼 부적을 무기같이 쓰는 술법사가 분명했다. 싸움이 시작되자 술법사들은 서둘러 부적을 날렸고 무사들은 공격을 시작했다.

저들을 죽일 생각은 없었지만 부상쯤은 감수해야 한다. 도무진은 목을 향해 휘둘러진 검을 쳐 냄과 동시에 주먹을 내질렀다. 묵직한 감촉이 손에 전해지고 가슴을 맞은 무사는 긴 비명과 함께 훌훌 날아갔다.

식당의 창문을 부순 무사는 요란한 소리와 함께 시야에서 사라졌다. 곧 알아듣기 힘든 주문이 들리더니 부적이 날아왔다. 뒤에서 들어온 공격이었지만 도무진은 시선도 돌리지 않고 부적을 잡아챘다.

부적이 화르륵 타오르며 뜨거운 기운이 전해졌다. 화의 술법이었지만 약간의 화기만 전해줬을 뿐 도무진에게 해를 끼치지는 못했다.

"어… 어떻게 저럴 수가!"

내력으로 신체까지 보호할 수 있는 흡혈귀에게 웬만한 술법은 충격을 주기에 턱없이 부족했다.

커다란 도를 휘두르는 자 역시 도무진의 주먹 한 방에 담 너머로 사라졌다. 어설프게 부적을 날린 두 명의 술법사 또한 가슴과 배를 맞고 쓰러진 후 다시는 움직이지 못했다.

화살을 날린 자까지 지붕 너머로 던져 버린 도무진은 마지막 남은 중년인의 면전으로 떨어졌다.

"넌 대체… 누구냐?"

"흡혈귀."

퍽!

둔탁한 소리가 울리고 턱을 맞은 중년인은 제자리에서 한 바퀴 핑그르르 돈 후 정신을 잃었다.

여섯 명을 간단하게 제압한 도무진의 귀에 짧게 끊어서 치는 박수 소리가 들렸다. 고개를 돌리자 청색 무복을 입은 서른 살 정도의 사내가 눈에 들어왔다.

"역시 듣던 대로 대단하시네요. 절강성에서는 가장 정예라고 할 수 있는 포강현(浦江縣) 지부의 문도 여섯 명을 간단하게 해치우다니."

"넌?"

"공 님이 보낸 전령입니다."

하얀 피부에 붉고 얇은 입술을 가진 사내는 시종 엷은 웃음을 머금고 있었다.

"공은?"

"기다리고 계십니다. 함께 가시겠습니까?"

"앞장서."

사내는 부적을 꺼내 던졌다. 허공에 둥실 뜬 부적은 지면에서 한 자 사이를 두고 멈췄다. 그 부적에 올라탄 사내가 싱긋 웃으며 자신의 이름을 밝혔다.

"전 곽태환(郭太煥)이라고 합니다."

"오늘 안에 죽을 테니 기억할 필요가 없는 이름이군."

"네? 하하하하! 그렇게 생각하신다면야. 하하하하!"

뭐가 즐거운지 연신 웃음을 터뜨린 곽태환은 부적을 타고 날아갔다. 속도는 그리 빠르지 않아서 수혼이 쉬엄쉬엄 달려도 쫓아갈 수 있었다.

일각쯤 가자 폭이 삼십 장에 이르는 넓은 강이 나왔다. 곽태환은 그 강을 따라 다시 일각을 내려갔다. 얼굴을 때리는 바람에 습기가 가득하더니 이내 보는 것만으로 가슴이 뻥 뚫릴 정도로 넓은 호수가 시야 가득 펼쳐졌다.

"청양호(靑陽湖)입니다. 태호(太湖)만큼 넓지는 않지만 태호에는 없는 것이 있지요."

부적에서 내린 곽태환은 호숫가에 놓인 나룻배를 향해 가면서 말했다.

"바로 우리들의 의지입니다."

"우리들이라면 귀인문을 말하는 것이냐?"

"인간만이 세상에 살 자격이 있다고 하는 건 너무 오만한 것 아닌가요?"

"서로 적이 되어 싸우는 것뿐이지. 자신의 편이 선이라고 믿는다면 그건 그들의 마음이고."

"그렇게 생각하시나요?"

나룻배를 묶은 끈을 풀며 곽태환이 말했다.

"배가 너무 작아서 신마는 탈 수 없겠는데요?"

도무진은 수혼의 목덜미를 쓰다듬었다.

"여기서 기다리고 있어라."

수혼이 앞발을 굴려 불만을 표시했지만 함께 갈 방법이 없었다. 도무진이 배에 오르자 곽태환은 뱃머리에 부적을 붙였다.

"도래여진(度來餘進). 순풍(順風)."

부적의 힘에 의해 배는 수면을 미끄러지듯 나아갔다. 워낙호수가 넓어서 망망대해에 떠 있는 기분이었다.

"수영은 할 줄 아시나요?"

"물에 빠져 죽지는 않을 것이다."

"물론 그러시겠지요. 익사하는 흡혈귀만큼 우스운 존재도 없을 테니까요."

곽태환이 실없는 농담을 던지고 도무진이 시큰둥하게 받아넘기기를 몇 번, 시야에 작은 점 하나가 걸렸다. 청양호의 중앙쯤에 위치한 섬이었다.

호수의 가운데 있는 섬치고는 제법 규모가 되어서 둘레가 십 리는 되어 보였고 푸른 숲도 보였다.

섬에 가까워질수록 잔잔하던 수면이 사나워졌다. 배의 흔들림이 커지는 것은 섬 주변에서 생기는 소용돌이 때문이었다.

범선이라도 삼킬 수 있을 정도로 커다란 소용돌이가 섬 주변 곳곳에서 입을 벌리고 있었다.

"잡인의 출입을 막기 위한 장치입니다. 그래서 이 선인도
(仙人島)는 우리들에게만 허락된 장소지요."

"세해귀의 서식지가 선인도라니. 개가 웃을 노릇이군."

"사람도 함께입니다. 저처럼."

"넌 공의 제자냐?"

"그분은 제 사형이십니다."

얘기를 하는 사이 배는 소용돌이가 사라진 공간을 지나 섬
에 다다랐다. 그들이 지나온 공간에는 다시 생긴 소용돌이가
맹렬하게 회전을 하고 있었다.

세 척의 배가 묶인 삼 장 길이의 나루터에 배를 댄 곽태환
이 활짝 웃으며 팔을 벌렸다.

"귀인문에 오신 것을 환영합니다."

도무진은 나루터에 발을 디디며 물었다.

"여기가 너희 본거지냐?"

"그중 하나지요. 그냥 별장 정도라고 생각하십시오."

모래사장과 짧은 잡초가 무성한 곳을 지나자 숲이 나왔다.
아무렇게나 자란 숲이 아닌 가꾸고 정돈이 된 느낌의 숲이었
다. 숲 사이로 난 오솔길 또한 반듯하게 정리되어 있었다.

십 장쯤 들어가자 왼쪽에서 인기척이 났다. 바구니를 들고
나물을 캐는 아낙 두 명이 그들을 보고 인사를 했다. 곽태환
도 깍듯하게 그 인사에 응답했다.

순박하게 생긴 아낙들은 자기들끼리 뭐라고 소곤거렸고 그런 사람들이 한둘이 아니었다. 숲 가운데 자리한 장원에 도착할 때까지 열 명 남짓한 사람을 만났는데 시골 어디에서나 볼 수 있는 평범함을 지니고 있었다.

하지만 도무진은 그중 반 이상은 인랑이나 형태변환자라는 걸 알아봤다.

"좋은 곳이지 않습니까?"

묻는 말에 도무진의 대답이 없자 곽태환은 씨익 웃은 후 대문을 열고 들어섰다. 낮은 담을 따라 나무가 심어졌고 뜰에는 잔디가 가득했다. 대청으로 곧게 난 길에는 반듯한 돌이 놓여 있었다.

정면으로 세 채의 건물이 보였는데 뒤쪽에도 비슷한 건물이 서너 채 더 있는 것 같았다.

따뜻한 햇살을 받으며 서 있는 장원은 늦가을의 평화로움을 품고 있었다. 이곳에 세해귀들이 우글거린다는 사실을 실감할 수가 없었다.

"사형을 빨리 만나고 싶으시겠지요? 이쪽으로 오십시오."

곽태환은 정면 중앙에 있는 건물로 도무진을 안내했다. 대청에 올라서자 오른쪽 복도에서 나오던 여인 둘이 살풋 웃으며 인사를 건넸다.

스무 살 전후의 아리따운 여인들은 또 자기들끼리 뭔가를 쑥덕거렸다.

곽태환은 왼쪽 복도로 들어가 모퉁이를 꺾은 후 우측 첫 번째 문을 열었다. 왼쪽으로 밀려나는 문 사이로 공의 모습이 서서히 드러났다.

창문 앞에서 햇살을 받고 서 있는 공은 스스로 후광을 발하는 것 같았다. 손에 찻잔을 든 공이 도무진을 보더니 친우라도 만나는 것처럼 환한 웃음을 지었다.

"어서 오게."

방 안으로 들어간 도무진은 팔을 내려뜨린 채 공을 봤다. 언제라도 검을 뺄 수 있도록 근육을 이완시켜 공이 움직이기를 기다렸다.

도무진이 놀라기를 바라지 않는 것처럼 느리게 걸음을 옮긴 공은 탁자 앞에 놓인 의자에 자리를 잡았다.

"먼 길 왔으니 먼저 목이라도 축이지."

따뜻함이 남아 있는 차가 빈 잔에 따라졌다. 주전자를 놓은 공의 손길이 맞은편 의자를 가리켰다.

"자넨 아직 손님이니 걱정하지 않아도 되네."

"아직이라고 하는 건 언제든 적으로 돌변할 수 있다는 거지?"

하긴 원래 적이었고 지금의 이 모습이 어울리지 않았다.

"친구가 될 수도 있으니 일단 앉지."

"대화가 필요한 자리가 될지는 몰랐군."

도무진은 공의 맞은편에 자리를 잡았다. 검을 무릎에 올려놓는 도무진을 보며 공이 웃음을 머금었다.

"듣자 하니 그때보다 실력이 늘었다고 하던데."

공에게 당한 치욕적인 패배가 떠올랐다.

"곧 확인할 수 있겠지."

"내가 자네를 초대한 건 싸움이 목적이 아니네. 지금은 우리끼리 싸울 때가 아니지."

"내 적은 너무 명확해서 다른 사람이 떠오르지 않는군."

"가끔은 친구라고 생각했던 사람이 적일 때가 있지. 지금의 자네처럼 말이야."

공의 말은 모호했다.

"난 친구라고 생각하는 사람조차 드문 것 같은데?"

"목승탁은 어떤가?"

친구라고 정의하기에는 확실치 않지만 최소한 적은 아니었다.

"너보다야 친구에 가깝지."

"과연 그럴까? 진실을 얘기하기 전에 아주 옛날 이야기를 들려주고 싶군."

"난 시간도 많지 않고 인내심도 깊지 않으니 짧게 해줬으면 하는데."

적을 앞에 두고 입만 놀리는 건 도무진의 성격에 맞지 않았다.

"번천의 역사는 자네도 알고 있을 것이네. 그날 이후 세상이 바뀌었으니까. 온갖 세해귀가 생겨나고 인간의 능력을 벗어난 자들이 등장해서 그 세해귀들과 싸움을 시작했지. 만민수호문이 그렇게 생겨난 단체라는 건 세상이 다 아는 사실이고."

"내가 모르는 얘기는 있나?"

"번천의 서(序)에 보면 하늘에서 별이 쏟아졌다고 나와 있지. 그렇게 부를 만한 게 마기(魔氣)와 성기(聖氣)가 폭죽처럼 터져 나와 온 세상을 뒤덮도록 뿌려졌으니까 말이야. 그런데 세상은 참 불공평하지 않나? 어떤 자들은 마기에 젖어 세해귀가 되고, 어떤 자는 성기를 받아 성자가 되다니. 물론 개중에는 세해귀가 된 짐승도 있고 성기의 은총을 받았지만 성자가 되지 못한 자도 있지만. 자네 혹시 그거 아나? 지금 세상을 지배하고 있는 칠 인의 성자가 원래는 열두 명이었다는 걸."

어디선가 들은 적이 있었다. 그토록 강한 성자가 다섯 명이나 죽었다는 게 선뜻 믿기지 않았지만, 어쨌든 그들도 인간이니 불가능한 일은 아니었다.

"그런데?"

공은 별일 아니라는 듯 손을 휘휘 저었다.

"이 얘기는 나중에 다시 하기로 하고. 번천의 역사 말일세. 그 기록은 처음부터 틀리게 쓰였다는 거지. 마기와 성기를 품은 그 빛의 출발점은 하늘이 아니라 바로 땅이었네."

"땅이라니?"

"자네 흑림이라고 들어봤나?"

가보지는 않았지만 사천성에 있다는 것 정도는 알고 있었다. 번천의 해가 밝은 후 중원 곳곳에서 이상한 지대가 생겨났다. 흑림은 그중에서도 꽤나 특이한 곳이기 때문에 소문이 널리 퍼졌다.

"빛의 출발점이 흑림이란 말인가?"

"그렇지. 땅속에서 폭발한 빛이 하늘로 치솟아 별처럼 쏟아진 거지. 그리고 얼마 지나지 않아 검은 숲으로 뒤덮여 원천(源泉)을 가려 버렸네. 거기에 중요한 건 흑림에 칠 인의 성자들의 집이라고 할 수 있는 성전이 있다는 사실이야."

"만민수호문의 본산은 호남성(湖南省)에 있는 걸로 아는데?"

"그건 껍데기일 뿐이지. 칠 인의 성자야말로 만민수호문의 뼈요 피와 살이니 흑림이 만민수호문의 본산이라고 봐야 하지 않겠나? 물론 이걸 아는 사람은 극히 소수지."

"그 소수에 왜 네가 끼어 있는 거지?"

"그 답은 곧 해주겠네. 그전에 다시 목숭탁에 대한 얘기로 돌아가 볼까?"

"그가 칠 인의 성자 중 화신이라는 걸 얘기하려는 건가?"

"응? 이미 알고 있군."

"대단한 사실이기는 하지만 내가 목숭탁을 적으로 돌릴 이유는 아닌데?"

공이 고개를 저었다.

"그가 칠 인의 성자 중 한 명이기에 결국 자네의 적이라는 것이야. 목숭탁이 올해 몇 살인지 아나?"

"쉰 좀 넘은 것처럼 보이더군."

"그의 나이가 실제로 오백쉰두 살이라면 믿겠나?"

제16장
불신의 시간

　도무진은 피식 웃음을 터뜨렸다.

　"목승탁이 흡혈귀라도 된단 말인가? 인간이 그렇게 오래 사는 건 불가능해."

　"물론 육체적으로는 그렇지. 하지만 삶에서 가장 중요한 건 몸뚱이가 아니잖나?"

　"목승탁이 다른 사람 몸으로 정신만 이동한다는 말이야?"

　"금방 알아듣다니. 똑똑하군. 목승탁뿐만 아니라 칠 인의 성자가 모두 그렇지. 그들은 그것을 회생의 법이라고 부른다네."

무슨 말을 하는지 이해는 가지만 그것이 현실에서 일어날 수 있다는 건 쉬이 믿기지 않았다.

"그걸 내게 믿으라는 건가?"

"고작해야 백 년을 사는 인간이 강해지면 얼마나 강해지겠나? 그런데 칠 인의 성자는 지난 오백 년 동안 단 한순간도 틈을 보이지 않고 극강의 힘을 유지해 왔네. 그 자리를 새로운 사람이 물려받았다면 그게 가능할 것 같은가?"

도무진은 문득 선우연에게 생각이 미쳤다. 선우연의 외모는 불과 스무 살 정도밖에 되지 않았다. 반로환동을 하지 않고서야 그 나이에 그 같은 강함은 도저히 있을 수 없었다.

더구나 선우연은 목승탁과 친구라고 했다. 젊음을 유지하는 비결이나 무공이 전혀 없는 건 아니니 그러려니 했지만 만약 공의 말이 사실이라면, 그래서 정신만 다른 사람에게로 이동할 수 있다면 그 둘이 친구라는 게 이해되었다.

목승탁은 오래전에 새로운 육체를 받았고 선우연은 새로운 싱싱한 육체에 들어앉았으니 말이다.

"네 말대로 회생의 법이라는 게 실제로 존재한다고 해도 그게 나와 목승탁이 적이 되어야 할 타당한 이유는 될 수 없잖아?"

"목승탁이 자네에게 그토록 공을 들이는 이유가 무엇이겠나?"

"너희 귀인문과의 싸움 때문이지."

"뭐? 하하하하! 칠 인의 성자가 귀인문을 무너뜨리기 위해 흡혈귀의 힘을 빌린단 말인가? 목승탁이 그리 얘기를 하던 가?"

도무진이 침묵을 지키자 공이 말을 이었다.

"우리 귀인문의 성세가 나날이 커지고 있다지만 만민수호문에 비하면 그야말로 조족지혈이네. 우리가 유리한 것은 어둠 속에 숨어 있다는 그것 하나뿐이지."

"하지만 만민수호문의 지부 수십 개를 무너뜨렸잖아? 그중 하나는 나를 이용했고."

"살짝 상처를 낸 것 정도지. 칠 인의 성자는 신경조차 쓰지 않을 걸세. 그들에게 귀인문은 마음만 먹으면 언제든 무너뜨릴 수 있는 모래성 같을 테니까."

"실제로는?"

공은 어깨를 으쓱했다.

"그들 생각보다는 우리가 만만한 상대는 아니지. 우린 앞으로 더욱 강해질 테니까. 지금 자네에게 중요한 건 만민수호문과 우리의 힘이 아니라 목승탁이 자네에게 왜 그토록 공을 들이느냐 하는 것이야. 물론 목승탁이 자네에게 댄 이유는 진실과 한참 동떨어져 있네."

"진짜 이유가 뭔데?"

"짐작이 갈 텐데?"

물론 한 가지 생각이 떠오르기는 했다. 하지만 그건 너무도 터무니없는 생각이었다.

"목승탁이 날 새로운 육체로 쓰려 한단 말이야? 정말 그걸 말하고 싶은 것인가?"

"안 될 이유가 없잖아? 영원히 사는 육체를 얻으면 번거롭게 몇 년 동안 공들여서 회생의 법을 펼치지 않아도 될 테니 말이야."

"하지만 내 본질은 흡혈귀야. 칠 인의 성자 중 한 명이 흡혈귀가 되려 한다고? 그게 가당키나 한 얘기야?"

"물론 우리가 생각하기에는 터무니없지. 칠 인의 성자 내부에서도 우려가 있을 것이야. 하지만 칠 인의 성자는 누구의 통제도 받지 않으니 목승탁이 하고자 하면 말릴 수 있는 사람이 없어. 솔직히 오백 년을 넘게 살았다고 생각해 보게. 그 세월을 거쳐 오는 동안 보통 인간의 생각과 감정을 온전히 지니고 있을 거라 생각하나? 자네는 흡혈귀이니 세월의 잔인함을 더 잘 알고 있겠지."

도무진이 흡혈귀라고 해도 오백 년의 세월은 실감이 나지 않았다. 그토록 오래 살았고 앞으로도 계속 살아야 한다면 과연 인간의 감정이 남을 수 있을까? 아니, 자신이 인간이라는 생각이 들기나 할까?

"칠 인의 성자에게 인간의 감정은 사라졌다고 봐야지. 어쩌면 그들은 자신이 신이라고 생각하고 있을지도 몰라."

설령 그렇다고 해도 목승탁이 도무진의 육체로 들어오려 한다는 건 쉬이 믿기지 않았다. 더구나 그 말을 하는 사람이 공이라면 진실을 반드시 확인해야 한다.

"여기까지 나를 불러 이 얘기를 해주는 이유는 뭐냐? 호의를 베풀려는 건 아닐 테고."

"호의를 보이지 않을 이유가 없지. 자네와 난 한솥밥을 먹게 될 테니까."

도무진은 눈살을 찌푸렸다.

"내게 귀인문에 투신하란 말인가?"

"안 될 이유가 없잖나? 흡혈귀인 자네가 왜 만민수호문의 편에 서서 싸운단 말인가?"

"편을 선택하는 데는 내 정체성보다 중요한 이유가 있을 수 있지. 넌 왜 귀인문의 문도가 되었는데?"

"만민수호문. 그들이 내 부모님을 죽였으니까. 형태변환자를 도왔다는 이유만으로. 고아가 되어 굶어죽을 수밖에 없는 날 거둔 건 인간이 아니라 형태변환자였네. 진정으로 세상에 해를 끼치는 존재가 세해귀라고 생각하나? 아니, 세상을 파괴하고 사람들에게 아픔을 주는 건 인간인 경우가 훨씬 많지."

"우습군. 인간인 넌 세해귀의 편에 서 있고 흡혈귀인 난 인간의 편에서 싸우다니."

"지금이라도 옳은 편에 서게. 자네의 육체를 강탈하려고 하는 목승탁을 위해 싸우는 건 바보 같은 짓 아닌가? 배신을 밥 먹듯 하는 인간보다야 세해귀가 훨씬 인간적이지."

"날 이용해 목승탁을 죽이려고 했고 나까지 없애려 하더니 이제 한편이 되라고? 그런 너도 그리 믿을 만한 인간은 아니잖아?"

"목승탁이 네 육체를 빼앗는 걸 막아야 했으니까."

"다른 칠 인의 성자도 있는데 왜 그토록 목승탁에게 집착하는지 모르겠군."

"개인적인 원한이라고 하면 날 속 좁은 사람이라 여기겠느냐?"

뒤에서 갑자기 들려온 소리에 도무진은 화들짝 놀라 일어섰다. 한 사람이 천천히 다가오는 게 보였다.

지팡이를 짚고 힘겨운 걸음을 옮기는 그 사람은 보는 이의 눈살을 절로 찌푸리게 만들었다.

겉으로 드러난 얼굴과 손의 상태 때문이다. 뼈에 달라붙은 쭈글쭈글한 피부는 선홍빛을 띠고 있었고 머리칼은 물론 눈썹조차 한 올 보이지 않았다. 윗입술이 모두 사라져 치아가 고스란히 드러난 모습이 그자의 얼굴을 더 끔찍하게 만들었다.

지독한 화상을 입은 게 분명한데, 저 정도의 화상에서 살아남은 것 자체가 신기했다.

"사부님을 뵙습니다."

공이 그자를 향해 공손하게 허리를 숙였다.

"당신은?"

도무진의 반말에 노인의 눈꼬리가 살짝 올라갔다. 하지만 언짢은 듯한 기색은 이내 사라졌고 나오는 목소리는 차분했다.

"황선백(黃善白). 내 이름을 들으면 목승탁이 기절을 하겠지. 물론 그때 목승탁은 목승탁이 아닌 장소곡(張蘇穀)이었지만."

"그렇다면 당신은……?"

"원래 십이 성자 중 한 명이었지. 그리고 이젠 죽어버린 다섯 명의 성자 중 한 명이고."

관계가 점점 복잡하게 얽혀서 돌아가는 상황을 이해하기가 힘들었다.

"같은 십이 인의 성자였으면서 왜 목승탁과 원수가 된 거지?"

"이 모습이 어떠냐?"

"솔직히 좀 끔찍하긴 하군."

"죽지 않은 것도 신기하겠지. 나에게 이 정도의 화상을 입힐 수 있는 자를 한 명만 꼽으라면 누굴 지목하겠나?"

"목승탁이 당신을 이 꼴로 만들었다고?"

"화신이라는 이름은 괜히 생긴 게 아니야."

"그럴 만한 이유가 있었겠지?"

황선백의 눈이 부릅떠졌다.

"넌 목승탁에게 타당한 이유가 있었을 거라고 생각하는 것이냐?"

성대가 상했는지 목소리를 높이자 두 명이 고함을 지르는 것 같았다.

"타당한지 판단하는 건 내 몫이 아니지. 그저 이유를 알고 싶을 뿐."

"여인이다. 그때까지 우린 아직 인간적이었으니까. 한 여인을 사랑했고 질투에 눈이 멀 수 있었던… 그런 인간이었지."

"그때가 언제였는데?"

노인의 시선이 아무것도 없는 빈 허공을 응시했다.

"이백육십 년이 지났군."

너무도 긴 세월에 도무진은 황선백의 말을 실감할 수 없었다. 그래서 질문은 세 호흡쯤 지난 후에 나왔다.

"그렇게 오랜 시간이 흐른 뒤에야 복수를 하려는 이유가 뭐야?"

"왜 진작 나서지 않았냐고? 그럴 수가 없었으니까. 거의 끊어진 숨을 부여잡느라 백 년을 허비했고 다 타버린 육신을 재건하느라 또 백 년을 보냈다."

도무진은 말문이 막혔다. 저들의 시간은 흡혈귀인 도무진이 듣더라도 비현실적이었다. 백 년, 이백 년을 마치 일이 년처럼 얘기하고 있으니 실감이 나지 않는 건 당연했다.

"보아하니 회생의 법인가 하는 걸 시행하지도 않은 것 같은데, 그런 몸으로 이백 년을 살아남았단 말이야?"

"당연히 회생의 법은 꿈도 못 꿨지. 그것은 오직 흑림에 있는 성전에서만 가능하니까."

"백 년에 걸쳐 숨을 붙잡고 있었다면 만민수호문에 구조 요청을 할 수도 있었잖아?"

"숨을 붙잡고 있었다는 게 어떤 건지 너는 모른다. 백 장 땅 속, 지옥처럼 깜깜한 그곳에서 음기를 모아 하루하루를 연명해야 하는 그 고통은… 아무리 내가 십이 인의 성자 중 한 명이었다고 해도 연락할 방법이 없었지."

"백 년 동안 먹지도 않고 살아남았단 말이야? 땅속에서?"

"번천의 날, 하늘에서 떨어진 성기를 받은 우리 십이 성자의 능력을 우습게 보지 마라. 하지만 쉽게 죽을 수도 없는 그런 능력은 어찌 보면 저주일 수도 있지. 그렇지 않느냐?"

도무진은 자신도 모르게 고개를 끄덕였다. 도무진이 동의를 해서인지 눈이 가늘어진 황선백은 흡족해하는 것 같았다.

"육신을 재건하는 시간은 그나마 나았다. 하지만 마음의 고통은 더욱 심했지. 내가 땅속에 있었던 백 년 동안 십이 인의 성자는 일곱 명으로 줄어 있었다. 신조차 두려워하지 않던 십이 인의 성자 중 네 명이 백 년 사이에 죽은 것이다. 우리 십이 인의 성자를 죽일 수 있는 존재가 세상에 어디 있겠느냐? 있다면 오직 십이 인의 성자 자신들뿐이다."

저 말이 오만하게 들리지 않는 건 도무진 또한 목승탁과 선우연의 능력을 경험했기 때문이다.

"만민수호문은 무슨 연유에서인지 우리 다섯 명을 제거했다."

"그 이유는 모르는 모양이군."

"그 이유를 알기 위해 귀인문을 세운 것이다. 만민수호문보다 월등한 힘이 있어야 그들의 입을 열 수 있을 테니까 말이다."

황선백의 얘기를 곰곰이 되씹던 도무진이 말했다.

"목승탁이 당신을 죽이려던 이유는 여인 때문이라더니, 이제는 만민수호문의 음모라고? 앞뒤가 맞지 않잖아."

"만민수호문의 음모와 목승탁의 교활함이 합쳐진 결과물이지. 내가 없으면 성녀를 자신이 차지할 수 있다고 믿었겠지만……"

황선백은 고개를 천천히 저었다.

"성녀는 누구의 것도 될 수 없다."

성녀가 누구인지 모르지만 그녀에 대한 감정만은 아직도 가지고 있는 듯 황선백의 눈가는 가늘게 떨렸다.

"나를 불러다 이런 얘기를 구구절절 하는 이유가 뭐야?"

"네 적을 알고 스스로 널 구하라는 것이다."

황선백과 공이 한 얘기들은 일어나기 힘든 일임에는 틀림없지만 나름대로 설득력도 있었다. 하지만 현재는 저들의 일방적인 주장일 뿐이다. 더구나 공에게 속은 경험도 있기 때문에 무작정 믿을 수는 없었다.

"이런 얘기를 들려주기 위해서라면 굳이 날 이 먼 곳까지 부를 필요는 없었는데."

오랫동안 침묵을 지키고 있던 공이 나섰다.

"자네 확답을 듣기에 이곳보다 좋은 장소는 없지."

"확답이라니? 가서 목승탁을 죽일 것이라는 맹세라도 하란 말인가?"

"입으로 하는 맹세 같은 것이야 수백 번이라도 할 수 있지. 우린 좀 더 믿을 만한 약속을 원하네."

"설사 말뿐이라고 해도, 그런 약속을 하고 싶은 마음은 없군. 너희 주장은 들었으니 다른 쪽 말도 들어봐야지."

"목승탁이 네 육체를 강탈하려 하는데 그것이 아무렇지도 않단 말인가?"

"만약 그게 사실이라면……."

말을 하다가 문득 자신이 진심으로 저들의 말을 믿고 있는
지 의심스러웠다. 저들의 말이 모두 사실일 경우 목승탁은 철
저히 자신을 기만했다.

그를 위하는 척 무공을 가르치고 흡혈까지 하게 해주면서
베푼 온갖 호의가, 결국에는 목승탁 자신을 위한 행동이었을
뿐이다.

정신을 죽이고 육체를 강탈하는 건 살인보다 오히려 잔인
하고 간악하다.

그러나 아직은 분노를 터뜨릴 때가 아니다. 저들의 말이 모
두 사실로 드러났을 때 목승탁을 향해 책임을 물어도 늦지 않
다.

도무진은 멈췄던 말을 이었다.

"그건 나와 목승탁이 해결할 일이지."

"어떻게? 자네 능력으로 화신 목승탁을 죽일 수 있을 것 같
나?"

그게 불가능하다는 건 이 방에 있는 세 명 모두 알고 있었
다.

"그것도 내가 해결할 몫이고."

"자네가 목승탁을 죽일 수 있다면?"

"어떻게?"

공이 황선백을 보자 황선백이 고개를 끄덕였다. 공은 장식장에 달린 서랍을 열고 안에서 부적 한 장과 검은색 상자를 꺼냈다. 주먹만 한 상자는 옻칠을 했는지 반들반들 윤이 났다.

"자네가 목승탁을 죽일 만큼 강해질 수 있는 것들이네."

공이 상자를 열자 먼저 청아한 향이 풍겨졌다. 상자 안에는 엄지손톱 크기의 푸른색 환이 들어 있었다.

"내게 그 부적을 붙이고 약을 먹으라고?"

"자네를 지금보다 열 배는 더 강하게 해줄 두 가지지. 천의부(天意符)와 천통환(天通丸)이라고 하는데……."

도무진이 공의 말을 잘랐다.

"쓸 일 없으니까 집어넣지."

"거절할 이유가 없잖나?"

"부적은 잘 모르겠지만 이름도 거창한 천통환은 보나마나 몸의 잠력을 단숨에 끌어 올리는 약이겠지. 그게 얼마나 위험한지는 네가 더 잘 알 테고."

"보통 인간에게는 그렇지만 자넨 흡혈귀. 금방 원래 상태로 돌아올 테니 걱정할 게 없잖나?"

물론 이론적으로 그렇다. 하지만 권하는 사람이 공이고 보면 이면에 뭔가 있는 게 분명하다.

"날 두 번이나 죽이려고 했던 널 믿지 못한다고 날 탓하지는 마."

도무진은 황선백을 보며 물었다.

"이것이 날 부른 용건의 전부인가?"

"모든 내막을 들었는데도 내 제안을 거부하겠다는 것이냐?"

"당신 말대로라면 목승탁이 믿을 수 없는 인간임에는 분명하지. 그러나 당신들 또한 그리 신뢰할 만한 사람들은 아니니 난 내 방식대로 해야지."

"어떻게?"

"당신들이 상관할 바가 아니야."

"번천의 비밀과 만민수호문의 정체를 샅샅이 알려줬는데 고작 하는 말이 그것이냐?"

"당신이 필요해서 주절거린 걸 내게 은혜를 베풀었다는 듯 말하지 마. 내가 저 공을 죽이지 않은 것만으로도 당신들은 충분히 감사해야 하니까."

꽈직!

공이 붙잡고 있던 탁자가 부서지며 날카로운 소리를 냈다.

"건방진 놈. 감히 여기가 어디라고 그따위 소리를 지껄이느냐!"

도무진은 공을 향해 검을 뻗었다.

"싸우고 싶다면 얼마든지 받아주지."

금방이라도 달려들 것 같은 공은, 그러나 황선백 때문에 쉽사리 움직이지 못했다. 그런데 도무진의 바람과 공의 바람이 맞아 떨어져서 황선백의 고개가 위아래로 까딱 움직였다.

순간 공의 손에 두 장의 부적이 나타났다.

위잉!

두 장의 부적은 곧장 은빛을 뿜어내는 륜으로 변했다. 이미 한 번 경험했던 무기였으나 결과는 첫 번째와 다를 것이다.

두 개의 륜이 도무진의 가슴과 허리를 노리고 날아왔다. 곧장 목을 목표로 삼지 않은 것은 도무진을 죽일 마음이 없다는 뜻이다. 하지만 도무진은 손속에 사정을 둘 이유가 없었다.

까강!

두 개의 륜을 가볍게 쳐 낸 도무진이 몸을 날렸다. 가볍게 탁자를 뛰어넘음과 동시에 검을 위에서 아래로 내려쳤다. 자신의 륜이 너무도 가볍게 튕겨나간 것에 놀란 공은 황급히 뒤로 물러섰다.

검이 피를 보지는 못했지만 검기는 공의 앞섶을 가루로 만들었다. 옷 앞쪽이 벌어지며 하얀 가슴이 드러났다.

공의 손이 어지럽게 움직이자 튕겨나갔던 륜이 도무진을 공격했다. 낭패를 당한 다음이라 이번에는 확실하게 도무진의 목을 노렸다.

허리를 뒤로 꺾어 륜을 흘려보내는데 새로운 륜이 날아왔다. 내공을 최고로 끌어 올리자 검강이 쭉 뻗어 나왔다.

도무진은 몸을 빙글 돌려 가슴으로 오는 륜을 흘려보낸 후 목을 노리는 륜을 향해 검을 휘둘렀다. 더 이상 날카로울 수 없는 소리가 터지더니 륜이 산산조각으로 흩어졌다.

원래 부적으로 만들어진 륜은 깨지는 순간 종잇조각이 되어 하늘하늘 바닥으로 내려앉았다.

도무진은 그 조각을 밟고 도약했다. 도무진의 강함은 공의 예상을 한참 빗나간 것이었다. 도무진을 가지고 놀던 때가 얼마 지나지 않았는데, 아무리 사별삼일 즉당괄목상대(士別三日卽當刮目相對)라지만 도무진은 이른 시간에 너무도 빨리 강해졌다.

도무진의 검은 거침없이 공의 목을 노렸다. 급한 숨을 들이마신 공은 다시 뒤로 몸을 날렸다. 검강이 한 뼘이나 멀리 지나갔는데 공의 목에 붉은 자국이 남았다.

"승천섭운(昇天攝雲)!"

주문과 함께 공이 던진 부적이 펑! 하고 터지며 뿌연 연기가 치솟았다. 연기는 순식간에 도무진의 주변을 에워싸서 눈앞의 손조차 보이지 않을 정도로 짙어졌다.

도무진은 즉시 모든 감각을 귀로 집중시켰다. 그런데 뒤에서 섬뜩한 기운이 전해졌다. 분명 아무 소리도 들리지 않았지만 육감이 위험을 전해줬다.

도무진은 망설이지 않고 좌측으로 이동하며 몸을 빙글 돌렸다. 서걱! 하는 소리와 함께 어깨에 화끈한 통증이 전해졌다. 이 안개는 시야뿐 아니라 청각조차 마비시키는 술법이 틀림없었다.

또 한차례 들어온 공격을 육감으로 피한 도무진은 힘껏 땅을 박찼다. 일단 이 안개를 벗어나는 것이 급선무였다.

쾅!

천장을 뚫고 내쳐서 지붕까지 박살 낼 정도로 높은 도약이었다. 분명 방 밖으로 나왔는데도 짙은 안개는 여전히 도무진의 이목을 허락하지 않았다.

감각만으로 지붕에 착지하느라 몸이 휘청이는 사이 새로운 공격이 들어왔다. 검으로 륜을 쳐 낸 도무진은 온몸의 기를 모아서 이미 뚫린 백이십이 개의 혈도를 향해 내뿜었다.

파앙!

일종의 기파(氣波)는 도무진의 옷을 뚫으면서 매섭게 퍼져 나갔다. 그를 감싸고 있던 안개에 순간적으로 틈이 보였고 도무진은 그 틈으로 재빨리 몸을 날렸다.

맑게 갠 하늘이 머리 위에 펼쳐지고 따라오는 부적이 보였다. 도무진은 재빨리 몸을 돌리며 그 부적을 베어버렸다. 가루로 흩어지는 부적처럼 도무진을 가뒀던 안개도 흔적 없이 사라졌다.

그리고 지붕 위에 선 공이 시야에 들어왔다.

"어떻게 네게 이런 능력이……?"

공이 궁금해하는 걸 말로 알려줄 생각은 없었다. 목이 떨어지면 몸으로 자연히 알 수 있을 테니까.

도무진이 밟고 도약한 기왓장이 자잘한 조각으로 흩날렸다. 이 장 높이로 솟구친 도무진은 공을 향해 맹렬하게 떨어졌다. 내려치는 도무진의 검에서는 세 자나 되는 검강이 뻗어나와 있었다.

놀란 공은 세 개의 륜을 재빨리 자신의 머리 위로 모았다. 검과 륜이 부딪치는 순간 원단(元旦)의 폭죽 같은 불꽃이 튀었다.

"크윽!"

억누른 신음과 함께 공은 지붕을 뚫고 떨어졌다. 도무진도 다리에 힘을 줘서 지붕을 부순 후 바닥으로 내려왔다.

뿌연 먼지를 뒤집어쓴 공은 한쪽 무릎을 꿇은 채 입에서 피를 흘리고 있었다.

"쿨룩! 쿨룩!"

기침을 토하자 한 사발이나 되는 피가 울컥 쏟아졌다. 도무진은 그런 공을 베기 위해 검을 들었다.

"그만!"

황선백이 소리를 질렀지만 도무진의 행동을 막을 수는 없었다. 황선백이 아무것도 하지 못한다는 건 진작부터 알고 있었다. 지금 황선백은 다른 곳에 있고 인간의 형상을 한 저것은 부적일 뿐이다.

하지만 도무진은 올렸던 검으로 공을 벨 수 없었다. 왼쪽에 있는 창을 부수며 뭔가가 날아왔기 때문이다. 무시하기 힘든 공격이었기에 올렸던 검을 횡으로 휘둘렀다.

차라라락!

거미줄처럼 가늘고 하얀 것이 검을 휘감았다. 부서진 창을 통해 그를 공격한 자가 보였다. 백색의 머리칼을 하늘로 하늘하늘 휘날리고 있는 '그것' 은 여인이었다.

수백 가닥이나 되는 하얀 실은 여인의 손끝에서 튀어나왔는데, 여인의 등 뒤에 부챗살처럼 퍼진 일곱 개의 꼬리가 정체를 말해주고 있었다.

인호다. 그것도 꼬리가 일곱 개나 되는 칠미호.

도무진은 진기를 검에 모아 빠르게 진동시켰다. 수만 마리 벌 떼의 날갯짓 같은 소리가 울리더니 인호의 손끝에서 나온 줄이 자잘하게 끊어졌다.

우웅!

움직일 기회를 얻은 공이 류으로 도무진의 목을 노렸다. 도무진은 급히 류을 쳐 내고 공을 찾았지만 공은 방 안에서 자취를 감췄다. 도무진은 인호가 있는 뜰을 향해 몸을 날렸다.

부서진 창의 가장자리가 어깨에 부딪치며 자잘한 파편으로 부서졌다. 도무진의 발이 땅에 닿기 무섭게 인호의 공격이 들어왔다. 예의 그 하얀 줄과 하늘로 뻗어 있던 머리칼이 동시에 도무진을 덮쳤다.

도무진은 몸을 회전시키며 줄을 끊었다. 한 번씩 회전할 때마다 줄은 조각조각 끊어졌고 인호와의 거리도 두 자씩 가까워졌다.

쿵!

갑자기 인호가 발로 땅을 찼다. 그러자 자잘한 돌멩이들이 허공으로 둥실 떠올랐다. 인호의 긴 머리칼이 주변에 뜬 수십 개의 돌멩이를 때렸다.

인호의 머리칼에 맞은 돌멩이는 화살보다 족히 열 배는 빠른 속도로 도무진을 덮쳤다. 도무진은 굳이 검을 휘둘러 돌멩이를 막으려 하지 않았다.

잔뜩 끌어 올린 진기는 도무진의 주변을 호신강기(護身罡氣)로 보호했다. 날아온 돌멩이가 도무진에게 부딪쳐 가루로 부서졌다. 자욱한 먼지만 날렸을 뿐 도무진에게 어떤 충격도 주지 못했다.

도무진은 잠깐 멈췄던 신형을 날려 인호와의 거리를 없앴다. 우에서 좌로 휘두른 검은 정확히 인호의 허리를 잘랐다.

눈에는 그렇게 보였지만 손은 아무 감촉도 느껴지지 않았다.

"호호호호! 호호호호!"

높은 웃음소리가 들리더니 사방에서 인호가 나타났다. 모습이 똑같은 여덟 마리의 인호는 도무진을 포위한 채 웃음을 터뜨렸다. 인호의 웃음은 음공(音功)과 같아서 수백 개의 바늘이 뇌를 찌르는 것 같은 고통을 안겨줬다.

보통의 무림인 같으면 칠공에서 피를 흘리며 죽었겠지만 도무진은 고통만 느낄 뿐 실제적인 충격은 받지 않았다.

도무진은 급히 하나의 형체를 향해 검을 휘둘렀다. 하지만 허공을 벤 느낌만 전해졌고 어느새 여덟 명의 인호는 일 장 거리를 두고 같은 모습으로 포위를 하고 있었다.

두 번 같은 공격을 했고 한 번을 힘껏 도약해서 포위망을 벗어나려 했으나 어느새 쫓아온 인호는 다시 도무진을 가둬버렸다.

도무진은 제자리에서 천천히 돌면서 여덟 명의 인호 중 하나의 실체를 찾기 위해 안력을 집중시켰다. 하지만 모두가 똑같았고 심지어 그림자까지 가지고 있었다.

그러는 사이 웃음소리는 더욱 높아졌고 덩달아 고통도 인내의 극한으로 치달았다. 비명을 참기 위해 꽉 다문 어금니에서 으드득 하는 소리가 들렸다.

그렇다고 손으로 귀를 막을 수는 없다. 언제 공격이 들어올지 알 수 없기 때문이다. 아직은 고통으로 끝나지만 곧 직접적인 타격으로 이어질 것이다.

도무진은 붉게 충혈되기 시작한 눈을 크게 뜨고 실체를 찾아 빙글빙글 돌았다. 그런데 방향에 따라 웃음소리에 차이가 났다. 미세하지만 도무진의 예민한 귀는 소리의 차이를 놓치지 않았다.

분신술(分身術)을 써서 모습은 똑같게 만들 수 있으나 웃음소리는 한 방향에서만 나오는 것이다.

천천히 몸을 회전시키던 도무진은 동쪽을 향해 몸을 날렸다. 순간적으로 인호의 웃음이 끊기면서 여덟 명의 인호가 도무진이 움직이는 방향으로 이동했다.

두 번의 도약으로 장원의 대문 있는 곳까지 이동을 했다. 거기서 도무진은 갑자기 서쪽으로 방향을 틀었다.

목표로 했던 인호의 몸에서 빠져나간 흐릿한 기운이 서쪽의 인호에게 옮겨 가는 걸 본 것이다. 본체를 정확히 가려내서 공격을 하자 인호의 얼굴에 놀람이 떠올랐다.

허공을 가른 검이 인호의 본체를 향해 떨어졌다. 인호는 정수리로 떨어지는 검을 긴 손톱으로 막았다.

까앙!

날카로운 소리와 함께 본체만 남고 일곱 개의 허상이 바람에 모래가 날리듯 사라졌다.

"어떻게……?"

"난 눈이 좋거든."

도무진은 인호의 목을 향해 다시 검을 휘둘렀다. 인호는 한 자나 되는 손톱으로 도무진의 검을 막고 있었지만 연신 뒷걸음질을 쳐야 했고 한 번씩 부딪칠 때마다 인상이 찡그려졌다.

도무진은 인호에게 거리를 주지 않기 위해 쉬지 않고 몰아붙였다. 틈을 주면 온갖 사술(邪術)을 쓰는 인호를 제압하는 게 쉽지 않기 때문이다.

인호는 검을 막는 틈틈이 꼬리를 휘두르고 머리칼로 공격을 해보았지만 도무진에게 상처를 입히거나 떨쳐 내지 못했다. 밀리고 밀린 인호는 대문이 놓인 담까지 뒷걸음질을 쳤다.

담까지의 거리는 고작 여섯 자가 남았고 도무진은 다른 곳으로 피할 여유를 주지 않았다. 뛰어서 도망치려 한다면 당장 다리가 잘릴 것이다.

하지만 모든 게 도무진의 뜻대로 되지 않았다. 뒤통수에서 느껴지는 서늘한 기운에 도무진은 인호를 공격하던 검을 돌려야 했다.

손에 묵직한 느낌이 전해지고 튕겨진 류을 향해 손을 뻗고 있는 공이 보였다. 안색이 다소 창백하기는 하지만 공은 평소의 모습을 되찾고 있었다.

한순간의 틈이 인호가 도무진에게서 빠져나갈 수 있는 시간을 벌어주었다. 훌쩍 뛰어 삼 장이나 멀어진 인호가 꼬리를 활짝 펴고 도무진을 노려보았다.

공과 인호를 함께 상대해야 한다면 쉽게 끝날 싸움이 아니었다. 거기다 이곳은 저들 둘 외에도 술법사와 세해귀가 우글거리는 곳이다. 아무리 도무진이 강해졌어도 목숨을 걸어야 할 것이다.

또깍! 또깍!

뜰 중앙에 박힌 돌과 부딪치는 지팡이 소리가 들렸다. 부적으로 만들어진 허상인데도 실재하는 것처럼 황선백이 다가왔다.

"서로의 실력은 보았으니 싸움은 이쯤에서 그만두지."

인호가 도무진을 노려보며 말했다.

"어림없지. 만민수호문에 소속된 놈은 단 한 놈도 살려둘수 없어. 특히 내 딸을 죽인 신야현 지부 새끼들이라면 가루를 내서 마셔 버릴 것이야."

하늘로 머리칼이 곤두선 인호의 전신에서는 피부를 따갑게 만들 정도의 살기가 피어올랐다.

"딸이라……"

인호의 딸이라고 하니 여소영을 떠올리지 않을 수 없었다.

"혹시 소영이의 엄마?"

"응? 네가 어찌 소영이를 아느냐?"

도무진은 인호의 꼬리를 하나둘 세다가 말했다.

"내가 알기로 소영이 엄마는 육미호인데."

자신의 꼬리를 힐끗 본 인호가 대답했다.

"술법의 힘을 빌려서 하나가 더 늘었다. 그건 중요한 게 아니고 어떻게 내 딸을 아는지 그것부터 말해라."

"그야 소영이가 신야현 지부에 있으니까."

흰자위만 있던 눈에 검은색 먹물이 떨어진 것처럼 눈동자가 생겼다. 하늘로 치솟았던 머리칼도 풀썩 내려앉았다.

"소영이가 살아 있다고? 그게 정말이냐?"

"물에 떠내려가는 날 소영이가 건졌지. 얘기하자면 길고 어쨌든 잘 먹고 잘 크고 있어."

"인호의 딸인데… 해코지를 당하지는 않았고?"

"나도 흡혈귀잖아."

인호가 털썩 주저앉아 얼굴을 감쌌다. 어느새 그녀의 하얀 머리칼은 검은색으로 돌아왔고 길었던 손톱의 사람의 그것처럼 변했다.

인호는 어깨까지 떨면서 안도의 눈물을 펑펑 쏟아냈다. 방금까지 목숨을 걸고 싸웠지만 상대가 여소영의 어미인 것을 안 이상 싸울 수는 없었다. 보아하니 인호 또한 도무진을 적으로 돌릴 것 같지 않았다.

그렇다고 인호가 저리 서럽게 울고 있는데 공과 사생결단을 낼 수도 없는 노릇, 도무진은 엉거주춤 서 있을 수밖에 없었다.

황선백이 말리니 공 또한 도무진을 노려보고만 있었다. 가까워진 황선백이 말했다.

"우리가 생각했던 것보다 훨씬 강하구나. 그런데 사용하는 무공이 낯이 익은데……."

"선우연이 전수해 줬으니까."

"선우연?"

"철제라고 하면 알려나?"

"아! 그 바람둥이! 후후… 놀랍군. 철제가 자신의 목숨과 같은 무공을 전수해 주다니. 내가 없는 사이 많이도 변했군."

도무진에게 다가온 황선백은 그 부적과 검은 상자를 내밀었다.

"일단 받아둬라. 이걸 쓰고 안 쓰고는 네 마음이다."

도무진이 손을 내밀지 않자 황선백이 다시 말했다.

"쓰지 않겠다는 네 마음이 그리 확고하다면 품에 넣는다고 달라지는 건 없겠지."

도무진이 부적과 상자를 받은 건 그저 귀찮아서였다.

"널 여기까지 오게 한 건 화신이 그토록 공을 들이는 흡혈귀가 어떤지 만나보고 싶어서였다. 확실히 특별하구나. 난 진정 네가 화신의 간교함 때문에 죽지 않았으면 좋겠다. 넌 앞으로 열릴 새로운 세상에서 큰 역할을 할 수도 있으니까."

"인간과 세해귀가 평화로이 공존하는 세상 말인가?"

"반복되는 살육은 세상을 피폐하게 만들 뿐이지."

인간과 세해귀가 지금처럼 싸우지 않는다고 세상에 평화가 올 거라는 건 그저 이상이다. 싸움은 인간의 이성을 넘어서는 살아 있는 생명의 본능 같은 것. 다툼과 반목, 살육이 없는 세상은 상상 속에서나 가능한 이상향일 뿐이다.

"내게 용건은 끝났나?"

도무진의 물음에 황선백의 시선이 인호에게 향했다.

"너에게 용건이 남은 건 한 명뿐인 것 같군."

인호는 눈물로 얼룩진 얼굴을 손으로 부비며 도무진에게 다가왔다.

"어서 소영이가 있는 곳으로 가자."

도무진은 공을 봤다. 여전히 분한 표정의 공은 주먹을 말아 쥔 채 도무진을 노려보고 있었다.

더 이상 싸울 분위기는 아니었으니 이곳에서의 용건은 끝났다. 먼 길을 달려와 모르던 사실을 알긴 했지만 역시 가장 큰 소득은 인호였다.

'소영이가 좋아하겠군.'


도무진이 떠난 걸 확인한 공이 황선백에게 물었다.

"차라리 도무진을 죽여 버리는 게 낫지 않겠습니까? 아무래도 천의부와 천통환을 쓰지 않을 것 같은데요."

공의 말에 황선백이 고개를 저었다.

"네가 화신의 오만함을 몰라서 하는 소리다. 도무진이 화신을 면전에 두면 부적과 약을 자연히 쓰게 될 것이다."

"그럼 도무진이 화신을 죽일 수 있을까요?"

"오늘 확인해 보니 가능할 것 같구나. 물론 도무진도 함께 죽겠지만."

『어둠의 성자』 3권에 계속…

천산루

조돈형 新무협 판타지 소설

『궁귀검신』, 『장강삼협』의 작가 조돈형
그가 그려내는 새로운 이야기!

무림삼비(武林三秘)
천외천(天外天), 산외산(山外山), 루외루(樓外樓).

일외출(一外出), 군림천하(君臨天下)!
이외출(二外出), 난세천하(亂世天下)!
삼외출(三外出), 혈풍천하(血風天下)!

가문의 숙원을 위해, 가문을 지키기 위해
진유검, 무림의 새로운 질서를 세우다!

# 즐거운 인생

미더라 장편 소설

FUSION FANTASTIC STORY

## A Bittersweet Life

삶의 의욕을 모두 잃은 주혁.
어느 날 녹이 슨 금속 상자를 얻는데…….

"분명 어제도 3월 6일이었는데?"

동전을 넣고 당기면 나온 숫자만큼 하루가 반복된다!

포기했던 배우의 꿈을 향해 다시금 시작된 발돋움.
눈앞에 펼쳐진 새로운 미래.

## 과연 그는 목표를 이루고
## 인생을 바꿀 수 있을 것인가!

Book Publishing CHUNGEORAM

유행이 아닌 자유추구 -
WWW.chungeoram.com

이모탈 퓨전 판타지 소설
FUSION FANTASTIC STORY
워리어
Warrior
최강의 병기 메카닉 솔져,
판타지 세계로 떨어지다!
서기 2051년.
세계 최초의 메카닉 솔져 이산은
새로운 세계에 발을 딛게 된다.
"나는… 변한 건가?"
차가운 기계에서 따뜻한 피가 흐르는 인간으로!
카이론의 이름으로 새롭게 시작하는
진정한 전사의 일대기!
Book Publishing CHUNGEORAM
유행이 아닌 자유추구 -
WWW.chungeoram.com

# 데일리 히어로

FUSION FANTASTIC STORY

## 인기영 장편 소설

지금까지 이런 영웅은 없었다!

# 『데일리 히어로』

꿈과 이상을 가진 평.범.한. 고딩 유지웅.
하지만……
현실은 '빵 셔틀'일 뿐.

그러던 어느 날, 유지웅의 앞에 나타난 고양이.
그(?)로 인해 모든 것이 바뀌었다.

# 선행! 선행! 그리고 또 선행!
## 데일리 히어로 유지웅의 선행 쌓기 프로젝트!

강준현 장편 소설

FUSION FANTASTIC STORY

# 개척자

*Pioneer*

『복수의 길』의 강준현 작가가 선보이는
2015년 특급 신작!

글로벌 기업의 총수, 준영.
갑자기 찾아온 몽유병과 알 수 없는 상황들.

"…누구냐, 넌?"
혼돈 속에서 순식간에 바뀐 그의 모든 일상.
조각 같던 몸도, 엄청난 돈도, 뛰어난 머리도 모두, 사라졌다!

스스로도 알 수 없는 낯선 대한민국의 밑바닥부터
다시 시작해야 하는 준영.

"젠장! 그래, 이렇게 산다!
대신 나중에 바꾸자고 하면 절대 안 바꿔!"

그는 과연 이 상황을 극복하고 자신의 운명을
새롭게 개척해 나갈 수 있을 것인가!

Book Publishing CHUNGEORAM

유행이 아닌 자유추구 -
WWW.chungeoram.com

글샒 장편 소설
FUSION FANTASTIC STORY

# 세상을 다 가져라

## [세상을 다 가져라]

**문피아 선호작 베스트 작품 전격 출간!**
**현대판타지, 그 상상력의 한계를 넘어서다!**

권고사직을 당한 지 2년째의 백수 권혁준.

우연히 타게 된 괴상한 발명품으로 인해
과거로 회귀한다!

그런데
과거로 온 혁준의 손에 들려 있는 것은 바로
최신형 스마트폰!

"까짓 세상, 죄다 가져 버리겠다 이거야!"

**백수였던 혁준의 짜릿한 인생 역전이 시작된다!**

Book Publishing CHUNGEORAM

유행이 아닌 자유추구~
WWW.chungeoram.com